삶의 길

경전과 성현의 말씀으로 비춘

삶의 길

청파랑

우주에서 인류가 생존해 있다는 건 기적이라 한다. 이처럼 많은 축복을 받은 인간이지만 세상에서는 크고 작은 시련과 극복과정을 거치며 살아가고 있다. 그리고 각자 힘겨운 운명의 방정식을 풀고자 애써 노력하며, "나는 누구인가? 왜 사는가? 어떻게 살아야 하나?"라는 질문을 수없이 반복한다. 결국 그 해답을 찾는 길에서 인간과 종교는 만난다.

세상에는 여러 종교가 있다. 우주를 움직이는 불변의 진리는 하나겠지만, 이를 해석하고 따르는 사람들은 다양하게 나뉜다. 저마다 머릿속은 의문부호로 가득 차 있을지라도, 간혹 확신에 찬 주장과 행동을 하기도 한다. 그런 까닭에 역사 속에서 많은 종교간 전쟁이 일어났고 잔혹한 흔적도 남겼다. 각각의 강줄기가 결국 큰 바다에서 만나듯, 이제 종교들은 서로 화해하고 인정하며 하나님의 뜻을 위해 만나야 한다고 큰 성현들은 말하고 있다.

현대사회는 과학기술이 발달하며 경제적으로는 많이 윤택해졌다. 반면에 물질만능주의, 자국이기주의, 지구공해문제 등 갖가지 병폐가 갈수록 심각해지고 있다. 특히 최근 코로나19로 인한 세계적 전염병 확산과 언택트 시대는 인류사에 전에 없던 새로운 위기마저 던져주며, 종교의 의미를 더욱 각별하게 하고 있다. "거대한 진리의 바다에서 과학이 발견한 것은 작은 조개껍질에 지나지 않는다."는 아이작 뉴턴(Isaac Newton)의 말처럼, 아무리 과학이 발달할지라도 미세하고 무한한 우주의 법칙을 해석하고 이해하려면 절대적 존재, 하나님을 의지하지 않을 수 없다.

이 책에 등장하는 여러 경전과 성현의 말씀 중에 제일 중요하고 공통된 단어는 '사랑'이다. 부모에 대한 사랑이 효도이고, 형제에 대한 사랑이 우애이며, 친구에 대한 사랑이 우정이다. 아울러 자기의 존재를 이 세상에 있게 해준 근원에 대한 사랑이 신앙이다. 신앙은 종교적 믿음이자, 자기존재의 궁극적 해석이다. 그 신앙을 열쇠삼아야 태어난 당위성도 해석되고, 삶의 여러 질곡도 그 숨은 뜻이 이해되며, 아울러 꿋꿋이 살아내고 소중히 가꾸어

가야 할 삶의 미덕도 깨우치게 된다.

때론 사막의 모래알처럼, 혹은 큰 나무의 가지에 매달린 잎새들처럼, 문득 태어나 하루하루를 살아가는 우리네 삶. 본서 '삶의 길'은, 나를 세상에 닮은꼴로 만들어 놓으신 궁극적 존재를 찾는 길, 그 안에서 참된 삶이 무엇인가 해석해내고 실천하는 길, 삶뿐만 아니라 죽음까지도 이해하고 아우르는 진리의 길을 찾아가고자 한다.

이 책에 인용된 경전과 성현의 말씀은 아주 단편적 파편에 불과하지만, 독자마다 삶의 길에서 만나는 반가운 이정표 같은 역할을 했으면 한다.

2020년 12월

편집부

2 왜 사는가

3 어떻게 살아야 하나

나는 누구인가

사람은 어디서 와서 어디로 가는가?
사는 목적은 무엇인가?
죽음이 삶의 끝인가?
죽음 다음의 세상은 있는가?
사후세계가 있다면 어떠한 세상일까?
과연 나는 누구인가?

생명에 대하여

이 세상에 자신의 의지로 태어난 사람은 없다. 태어나고 보니 어느 한 가족이고, 어느 누구의 후손이다. 만일 어떤 사람으로 어떤 자리에 태어날지를 스스로 결정할 수 있다면, 불행하고 고통스러운 삶보다는 저마다 즐겁고 행복한 삶을 찾을 것이다. 그렇다면 누가 나를 이 세상에 태어나게 했는가? 물론 나를 낳아준 이는 부모님이고, 부모님을 낳아준 이는 조부모님이다. 이런 방식으로 거슬러 올라가면 첫 조상에 이르게 된다. 그러면 사람의 첫 조상은 어디서 왔는가? 생명과 우주는 어디에서 왔는가?

생명과 우주의 기원에 대해서는 대체로 두 가지 생각이 있다.

그것은 하나님이 만들었다는 창조론과 저절로 생겨나 오랜 세월에 걸쳐 진화해 왔다는 진화론이다. 진화론을 주장하는 사람들은 진화론을 과학적 이론이라고 자부해 왔다. 그렇지만 창조론을 믿는 사람들은 진화론을 과학적인 이론이라고 생각하지 않는다. 그들은 계획 없이 우연히 생겨나는 것은 없다며 진화론을 생명과 우주의 기원에 대한 학문적 가설로 인정하지 않는다. 더 나아가 현대에는 진화론보다 창조론이 과학적인 이론이라고 주장하는 과학자들도 있다.

네 의지와 관계없이 너는 죽게 될 것이며

네 의지와 관계없이 너는 거룩하신 분

왕 중에서 으뜸가는 왕이 되시는 분 앞에서

네 행적을 평가받을 것이다.

하나님께 큰 축복이 있기를 바라노라.

미쉬나 아보스 4.29 (유대교)

기독교의 창조론과는 다르지만, 고대 그리스 철학자인 플라톤*도 우주를 만든 신을 인정하였다. 즉 우주의 제작자인 데미우르고스*가 구상으로서의 이데아를 재료와 적당히 결합하여 우주를 만들었다고 한다. 마치 구두 제작자가 먼저 구두에 대해 구상하고, 그 구상대로 가죽을 재료로 삼아 구두를 만드는 것과 같다. 이 같은 여러 가지 주장은 어디까지나 하나의 가설과 이론이다.

---

* 플라톤(B.C. 427경~B.C. 347) 그리스의 철학자. 소크라테스의 제자이자, 아리스토텔레스의 스승이다. 아카데미의 설립자이다. 저서로 '소크라테스의 변명' '향연' '국가' 등 약 30편이 있다.
* 데미우르고스 플라톤의 '대화'에 나오는 세계의 창조자

인생에는 두 가지 삶밖에 없다.
한 가지는 기적같은 건 없다고 믿는 삶.
또 한 가지는 모든 것이 기적이라고 믿는 삶.
내가 생각하는 인생은 후자이다.

알베르트 아인슈타인

아인슈타인의 편지

존경하는 아인슈타인 박사님께

우리 주일학교 수업에서 "과학자도 기도를 하나요?"라는 질문이 나왔어요. 그러자 우리는 과학과 종교를 둘 다 믿을 수 있는지 궁금해졌어요. 그래서 우리는 과학자들에게 편지를 쓰는 중이에요. 우리의 질문에 대한 해답을 바라면서요. 만일 박사님이 우리의 질문에 대답해 준다면 정말 영광스러울 거예요. 과학자도 기도를 하나요? 그리고 한다면 뭘 위해 기도하죠? 답장 바랍니다.

1936년 1월 19일 필리스

1936년 1월 뉴욕에 사는 12살의 한 소녀가 아인슈타인*에게 위와 같은 내용의 편지를 보냈다. 이 편지를 받고 아인슈타인은 다음과 같은 답장을 보냈다.

필리스에게

네 질문에 되도록 간단하게 대답해 볼게.

이게 나의 답변이란다.

과학자들은 인간에게 일어나는 일을 포함한 모든 현상들

이 자연의 법칙 때문이라고 믿어. 그러므로 과학자들은 이 일들이 초자연적인 존재에 의존하는 기도에 영향을 받는다고 믿지는 않아.

그러나 자연의 힘에 대한 우리의 지식이 완전하지 않아서 결국 궁극적인 영적 존재를 믿고 있는데 그런 믿음은 일종의 신앙이지. 이러한 믿음은 과학의 성과에 널리 퍼져 있어.

과학을 진지하게 탐구하는 사람은 어떤 영이 우주의 법칙에 드러나 있다는 사실을 확신하게 되지. 그것은 그 사람의 영보다 우월한 것이야. 대답이 되었는지 모르겠네. 안녕.

1936년 1월 24일 아인슈타인

아인슈타인이 말한 '궁극적인 영'이 기독교의 하나님을 가리킨다고 볼 수는 없다. 그러나 물질의 세계에 대해 깊이 연구할수록 그 근원이 되는 영적인 존재가 있음을 깨닫게 된다는 과학자의 이야기는 우리가 과학을 바라보는 시각이 지나치게 편협한 것이었음을 말해준다. 과학기술은 물리적 세계에 나타나는 현상들의 원리를 밝혀 현재의 삶을 풍요롭게 하며 그보다 나은 미래를 상상하게 한다. 이러한 과학의 발달로 인류는 역사상 그 어느 때보다 높은 수준의 기술문명을 누리고 있다. 의료과학의 발전으로 평균수명이 늘었으며 정보통신의 발달로 엄청난 양의 정보에 손쉽게 접근할 수 있게 됐다. 또한 인공지능, 로봇기술의 발달로 혁명적인 변화를 눈앞에 두고 새로운 삶의 양식을 꿈꾸고 있다.

진리는 복잡하거나 섞여 있는 것들에서가 아니라
단순함에서 발견됐다.

아이작 뉴턴

그러나 세상에는 과학으로 도저히 설명할 수 없는 일들이 무수히 많다. 신의 존재를 설명할 수 있는가? 신이 없다는 것을 증명할 수 있는가? 인간이 저마다 느끼는 행복의 양이나 크기를 측정할 수 있는가? 사랑은 인간의 어떤 신체 기관에서 발생하는가?

과학이 탐구하지 않은 영역은 여전히 존재한다. 영국의 물리학자이자 천문학자, 수학자였던 아이작 뉴턴*은 "나는 바닷가에서 노는 소년에 지나지 않는다. 발견되지 않은 거대한 진리의 바다가 내 앞에 펼쳐져 있고, 그곳에서 좀 더 매끈한 조약돌이나 예

---

* **아이작 뉴턴(1642~1727)** 17세기 과학계의 상징적인 인물. 수학과 물리학 및 천문학 분야에서 뛰어난 업적을 남겼다. 반사 망원경을 만들고 빛의 입자설을 주장하였으며, 만유인력의 법칙을 발견하였다.

쁜 조개껍질을 줍고 즐거워하는 소년 말이다."라고 하였다. 거대한 진리의 바다에서 과학이 발견한 것은 작은 조개껍질에 지나지 않는다는 것이다.

하나의 종교만 아는 사람은
아무 종교도 모른다.

막스 뮐러[*]

무지와 진리

인류는 무지한 상태에서 벗어나 진리를 찾기 위해 노력해 왔
다. 사람은 마음과 몸의 양면이 있기 때문에 무지에도 양면이 있
다. 즉 내적인 무지 또는 영적 무지와 외적인 무지 또는 육적 무
지가 그것이다. 영적 무지는 '신이 있는가? 인생이 무엇인가? 영
혼과 사후의 세계가 있는가?' 등과 관련된 무지를 말하는 것이
다. 육적 무지는 우주와 자연계에 대한 무지를 말한다. 영적 무

---

[*] **프리드리히 막스 뮐러**(1823~1900) 독일의 철학자이자 동양학자이다. 인도 연구에 관한
학문 분야를 서양에서 창시한 사람 중의 한 명이다. 인도사상에 대한 학술서적과 대중
서적을 썼다.

지를 극복하려는 것이 종교이고 육적 무지를 극복하려는 것이 과학이다.

 과학적 지식이 발달하지 못하였던 옛날 사람들은 지구가 평평한 사각형이어서 수평선 너머에 낭떠러지가 있을 것이라고 생각했다. 그래서 배를 타고 먼 바다로 나가는 것을 두려워했다. 그러나 오늘날에는 지구가 네모난 것이라고 믿는 사람은 거의 없다. 과학적 지식이 수평선은 바다의 끝에 있는 낭떠러지가 아니라 지구가 둥글기 때문에 하늘과 바다가 맞닿아 보이는 현상일 뿐이라는 것을 밝혀낸 것이다. 이와 같이 새로운 지식들은 시대에 뒤떨어진 낡은 생각들을 새롭게 바꾸어 놓았다.

 영적인 세계에 대한 종교적 지식도 늘 새롭게 변모되어 왔다.

예를 들어, 고대 원시인들은 천둥과 번개, 폭풍, 지진 그리고 가뭄 등을 신의 노여움으로 여겼으며, 이를 두려워하고 숭배하였다. 그러나 과학적 지식이 발달한 오늘날 사람들은 그것이 단순한 자연현상일 뿐이라는 것을 안다. 따라서 아무도 그것을 숭배의 대상으로 생각하지 않는다.

지금까지 지구상에는 많은 종교가 나타나고 사라져 갔다. 이들 가운데 대부분은 완전히 새로운 형태의 종교라기보다는 이미 있었던 어떤 종교를 더욱 새롭게 한 것이었다. 다시 말하면 시대의 흐름에 따라 사람들의 정신과 지능의 정도가 점차로 높아져 왔으며, 종교의 가르침도 그 시대의 사람들에 맞는 새로운 옷으로 갈아입어 온 것이다.

여러 꽃에서 꿀을 모으는 벌처럼
지혜로운 자는 여러 경전들에서 그 정수를 받아들이며
모든 종교에서 장점을 본다.

스리마드 바가바탐 11.3 (힌두교)

등잔불이나 전깃불은 어둠을 밝힌다는 점에서는 동일하다. 그러나 전깃불을 두고 등잔을 쓰는 사람은 없다. 진리의 가르침도 이와 같다. 진리는 시대에 따라서 변하지 않고 영원하지만 진리의 가르침은 발전해 왔다. 따라서 그 시대 사람들의 지능과 수준에 적합하지 않은 가르침이라면, 애써 배척하지 않아도 점차로 설득력을 잃어버리게 된다.

신앙생활을 하는 사람은 흔히 자기가 믿는 종교에 대한 어떤 우월감을 지니고 있다. 이것은 절대 신념체계인 종교의 속성으로 보아 당연한 것이라 할 수 있다. 문제는 이러한 우월감이 자칫하면 이웃 종교에 대하여 배타적 성향으로 나타나기 쉬우며, 더욱이 자기가 믿는 종교만이 진리를 독점하고 있다는 생각을 부추길 수 있다는 것이다. 이웃 종교에 대한 배타적인 태도는 그 종교에 대한 무지에서 오는 경우가 많다. 실제로 성당에서 미사 드리는 광경을 한 번도 보지 못한 사람이 천주교를 비판하는가 하면, 한 번도 선방에 들어가 참선해보지 않은 사람이 불교를 헐뜯고 배척하기도 한다. 우리는 이웃 종교에 대하여 별것 아니라고 여기거나 성급하게 판단하기도 한다. 자기 종교도 제대로 알기 어려운데, 이웃 종교를 쉽게 알 수 있을까?

하나님은 진리로
천지를 창조하셨다.

꾸란 16.3 (이슬람교)

궁극적 실재

모든 종교는 궁극적 실재를 인정한다. 궁극적 실재는 우리가
일상적인 삶에서 경험하는 한계를 초월하며, 영원무한하고, 시
작도 없고 끝도 없는 하나뿐인 존재이다. 세계 종교의 여러 경전
은 궁극적 실재가 오직 한 존재라는 것을 말한다. 유대교와 기독
교의 경전에서는 "너 이스라엘아 들어라, 우리의 하나님은 야훼
시다. 야훼 한 분 뿐이시다."(신명기 6:4)라고 가르치며, 이슬람교의
'꾸란'에서는 "말하라! 그 분은 유일하신 하나님, 하나님은 영원하
시며 낳지도 태어나지도 아니 했나니, 그 분과 비견할 자 아무도
없느니라."(꾸란 112)고 하였다.

한편 힌두교, 불교, 유교, 도교의 경전에서는 궁극적 실재를 각
각 범(梵), 법(法), 이(理) 혹은 도(道)라 하여, 우주에 작용하는 비인격
적인 근본원리로서의 궁극적 실재를 가르친다. 이러한 개념들은
인격적인 하나님 개념과는 달리 모든 존재의 궁극적 근원을 비인
격적인 초월자로 나타낸 것이다. 도교 경전에서 "도(道)는 스스로
근본이자 뿌리이며, 천지가 아직 없었던 태고 적부터 이미 존재
하였다."(장자 6)고 한 것이나, 힌두교의 경전에서 "천칙으로 말미
암아 신들이 있다."(리그베다 10.85.1)고 한 것은 바로 이러한 예다.

다시 말하면, 우리 자신과 우리가 살고 있는 세계는 궁극적 실
재로부터 생겨났다는 것이다. 창조에 대해서는 다양한 설명이 있
다. 어떤 경우에는 창조가 말씀으로 시작된다고 하며, 또 어떤 경

당신은 유일 지고의 존재자
영원한 현현, 만유를 창조하고
이에 내재하는 실유, 두려움이 없는 자
미워하는 마음을 내지 않는 자, 무시 무형의 자존자
당신은 거룩한 스승의 은총으로 실현되도다.

아디 그란트, 자푸지, 물 만트라 (시크교)

우에는 태초의 궁극적 실재 안에 있는 의욕에서 창조가 일어난다고 가르치기도 한다. 궁극적 실재는 사람과 세계의 창조자로서, 창조된 모든 존재 안에 두루 스며있는 분이다. 궁극적 실재가 모든 존재에 스며있다는 가르침은 이슬람교의 '꾸란'이나 기독교의 성서에서도 강조되고 있지만, 힌두교, 시크교, 자이나교의 신비주의자들의 경전에서는 더 철저한 의미에서의 내재를 강조한다. 예를 들어, 힌두교의 경전에서는 요라만이 "지금 여기에 있으며, 살아있는 모든 존재들의 가슴 가운데 살아있다."(문다카 우파니샤드 3.1.7)고 하여 궁극적 실재가 항상 우리 안에 있다는 것을 강조한다.

이와 같이 세계의 모든 존재에 내재한 궁극적 실재는 모든 변화의 원인이며 그 토대가 된다. 그럼에도 불구하고 그것은 이 세계의 변화를 초월한 존재이다. 힌두교 경전은 "어느 길이 실로 더불어 신들에게 이르게 하는가? 최고의 천상에서 굽어보는 이, 다만 그의 존재의 가장 낮은 측면들만 드러나 보이는 도다."(리그베다 3.54.5)라고 한다. 이것은 현상세계가 단지 궁극적 실재의 미미한 일부에 지나지 않는다는 것을 의미한다.

궁극적 실재는 그 속에 모든 존재를 담고 있지만, 그들이 지니는 악한 성품이나 고통으로 전혀 영향 받지 않는다. 궁극적 실재를 어떻게 보느냐 하는 것은 우리의 신앙생활에 큰 영향을 준다.

예를 들어, 하나님을 인격적 실재로 보는 종교 전통에서는 하나님의 사랑과 은총이 강조되며, 사람은 하나님을 믿고 의지함으로써 구원을 받을 수 있다고 본다. 물론 사람의 노력을 완전히 무

형상으로 나를 보았거나
소리로서 나를 찾았던 자들은
그릇되게 정진한 것이니
그 사람들은 여래를 보지 못할 것이다.

금강경 26 (불교)

시하는 것은 아니지만, 그럼에도 불구하고 구원의 궁극적인 원인은 언제나 하나님에게 있다는 것을 믿는다. 이에 비하여 우주의 근본 원리 혹은 이법을 궁극적 실재로 보는 종교 전통에서는 사람 자신의 노력으로 깨달음을 통하여 사람 안에 있는 궁극적 실재를 실현할 수 있다고 믿는다. 이 같은 종교는 사람 이외의 어떤 절대자의 도움에 의해서 사람이 구원받을 수 있다는 것을 부정하게 된다.

여호와, 우리의 주여!
주의 이름 온 세상에 어찌 그리 크십니까!
사람이 무엇이기에 이토록 보살펴 주십니까?
사람을 하나님 다음 가는 자리에 앉히시고
존귀와 영광의 관을 씌워 주셨습니다.

성서로 본 인간탄생

하나님은 인간 조상인 아담과 해와를 창조하시고 그들에게 큰 축복을 내려주셨다. "생육하고, 자식을 낳아 번성하여 온 땅에 퍼져서 땅을 정복하여라. 바다의 고기와 공중의 새와 땅 위를 돌아다니는 모든 짐승을 다스려라!"(창세기 1:28)라고 말씀하였다. 이 삼대축복이야말로 하나님께서 인간을 창조하신 창조목적이며, 모든 인간이 반드시 구현해야 할 삶의 목적인 것이다.

첫째 축복으로 주신 '생육하라'는 말씀은 개성완성을 의미한다. 개성완성이란 인간이 하나님의 사랑을 완전히 터득하여 하나님의 뜻대로 완성한 인격체가 되는 것을 말한다.

손수 만드신 만물을 다스리게 하시고 모든 것을
발밑에 거느리게 하셨습니다.
크고 작은 온갖 가축과 들에서 뛰노는 짐승들 하며
공중의 새와 바다의 고기, 물길 따라 두루 다니는
물고기들을 통틀어 다스리게 하셨습니다.

시편 8편 (유대교, 기독교)

둘째 축복으로 주신 '번성하라'는 말씀은 가정완성을 의미한다. 이것은 부모가 자식이 성장하여 훌륭한 배우자를 맞아 아들딸을 낳아 행복한 가정을 이루기를 바라는 것과 같다. 이렇듯 가정은 하나님이 운행하실 수 있는 사랑의 터전인 것이다.

셋째 축복으로 주신 '땅을 정복하고 모든 생물을 다스리라'는 말씀은 만물을 주관하라는 주관성의 완성을 의미한다. 이것은 인간이 가정을 이룬 후에 누릴 풍족하고 아름다운 환경에서 사는 삶을 말한다.

하나님은 이처럼 인간에게 값지고 귀한 삼대축복을 주셨다. 인간은 그 축복을 이루어 아름답게 살아가야 할 책임이 있다. 흔히, 우리가 '인간답게 살아야 한다.'라고 말할 때, 이것은 인간들이 하나님이 주신 인생의 근본적인 목적을 알고, 그 목적을 이루기 위해서 책임을 다하는 삶을 살아야 한다는 것을 의미한다.

하나님이 아담에게 물었다.

"너 어디 있느냐?"

아담은 하나님께서 동산을 거니시는 소리를 듣고

알몸을 드러내기가 두려워 숨었다.

"네가 알몸이라고 누가 일러주더냐?

내가 따 먹지 말라고 일러둔 나무 열매를 따 먹었구나!"

창세기 3:9-11 (유대교, 기독교)

성서로 본 인간타락과 원죄

인간 조상이 저지른 죄의 내용을 성서 창세기에서 알아보자. 타락하기 전 아담과 해와는 벌거벗어도 부끄러워하지 않았으나, 선악과를 따 먹은 후 무화과나무 잎을 엮어 알몸을 가렸다. 숨겨둔 과자를 몰래 먹다가 들키면 얼른 손으로 입을 가리게 된다. 과일을 따 먹었다면 입을 가려야 하는데, 왜 하체를 가렸을까? 그 이유는 하체로 범죄를 저질렀다는 사실을 의미한다. 하나님께서 선악과를 따먹으면 죽는다고 경고하였는데, 죽음을 무릅쓸 정도의 강한 유혹은 사랑밖에 없다. 따라서 인간 조상의 타락*은 불륜한 성적 관계로 인한 것임을 알 수 있다.

오늘날 우리는 마음이 원하는 것과 몸이 추구하는 것이 서로 일치하지 않는 모순 속에서 산다. 이처럼 잘못된 현실의 근원을 생각해 보면 첫 조상의 타락으로 거슬러 올라갈 수밖에 없다. 하나님의 품을 떠난 인간은 원죄를 지니고 태어났기 때문에 죄를 지을 가능성은 누구에게나 있다. 따라서 인류에게는 구원이 필요한 것이다. 구원이란 일반적으로 본래의 위치와 상태에서 떨어졌

---

* **인간 조상 아담과 해와의 타락과 추방** 타락이란 하나님과 아무런 관계가 없는 상태로 떨어져 나가게 된 것을 가리킨다. 창세기 3장에서 볼 수 있듯이 인간의 타락은 하나님의 말씀을 거역하고 뱀(사탄)의 유혹에 빠짐으로써 이뤄졌다.

을 때 이를 본래의 위치와 상태로 되돌려 놓는 것을 뜻한다. 이를 테면 물에 빠진 인간을 구원한다는 것은 물에 빠지기 전의 상태, 즉 물 밖으로 끌어올려 놓는 것을 의미한다. 종교적 의미의 구원은 고통이나 죄, 악 등과 같은 부정적이고 나쁜 상태로부터 바람직한 본래의 상태로 구출한다는 의미를 지닌다. 이렇게 볼 때 종교적 의미의 구원은 타락을 전제로 하는 말이다.

인류조상의 타락은 인간 스스로의 자발적인 노력을 통해서 구원될 수 없다. 유대 이스라엘 민족이 구세주인 메시아를 기다려 온 것도 메시아를 통하지 않으면 원죄를 청산할 수 없기 때문이었다. 메시아는 '기름 부음을 받은 인간'이라는 뜻을 가진 히브리어로 왕을 의미하는 말이다. 그런데 하나님은 이스라엘을 구원하실 구세주를 왕으로 보내신다고 약속하였기 때문에 메시아는 곧 구세주를 지칭하게 되었다. 의사가 필요한 것은 병자가 있기 때문이다. 마찬가지로, 메시아가 필요한 것은 인간조상의 타락으로 온 인류가 죄악에 떨어져 있기 때문이다. 이처럼 메시아는 원죄를 청산하여 인간을 해방시켜주는 의사이며 구세주인 것이다.

만일 첫 조상인 아담과 해와가 타락하지 않고 하나님의 뜻을 이루었다면 어떻게 살았을까? 아마, 하나님을 모시고 기쁨에 넘쳐 살았을 것이다. 지상에서 기쁘고 선하게 살다가 죽으면, 자연스럽게 영원한 기쁨이 넘치는 천상에서 살았을 것이다. 또한 하나님을 모시고 사는 세계는 죄악과는 무관하기 때문에 특별한 신앙생활이나 구세주가 필요 없었을 것이다.

그대의 미혹된 생각으로 인해 업의 속박에 내몰리어
그대가 원치 않는 바를 어쩔 수 없이 행하게 될 것이니라.
일체만물의 내밀한 곳에 오, 아르주나여! 주가 계시나니
자신의 신묘한 힘으로 마치 돌아가는 거대한 바퀴 위에
올려놓은 듯 일체만유를 돌리고 계시느니라.

바가바드기타 18.60–61 (힌두교)

하나님의 창조목적

하나님은 무엇 때문에 우주를 만드셨을까? 우주를 만들기 전에 하나님은 무엇을 하고 계시며, 또 어떤 모습으로 계셨을까? 인간의 경우를 통해서 미루어 알아보기로 하자. 인간은 누구나 혼자서는 기쁠 수 없고 행복할 수도 없다. 옥중에 있는 인간은 함께 이야기하고 어울릴 상대가 없거나 지극히 제한되어 있기 때문에 고통을 느낀다. 하나님이 아무리 창조주이고 권능의 주인이라고 할지라도 홀로 계신다면 얼마나 외롭고 쓸쓸하실까? 마치 부모가 자녀를 보고 기뻐하듯이, 하나님도 틀림없이 기쁨을 함께 나눌 대상이 필요했을 것이다.

이처럼 하나님은 기쁨의 실체 대상으로 피조세계를 창조하셨던 것이다. 성서에서 창조의 각 단계가 끝날 때마다 "보시기에 좋았더라."(창세기 1:4)라고 한 이유도 여기에 있는 것이다. 하나님을 닮아서 창조된 인간도 마찬가지이다. 부모가 제일 기쁠 때는 자식이 태어나서 자신과 닮은 모습을 확인해 볼 때이다. 우리가 화초나 동물을 기른다든가 문학이나 예술 등 창작 활동을 하는 것도 자세히 살펴보면 모두 상대를 통한 기쁨을 얻기 위한 것이다. 자연도 그 자체가 선하고 아름답다. 모든 피조물은 하나님을 닮은 기쁨의 대상으로 선하고 아름답게 창조된 것이다.

너희 스스로
하나님의 성격에 일치하도록 하라.

아부 누아임 하디스 (이슬람교)

신화속에 비친 인간

프로메테우스

프로메테우스*는 이 땅으로부터 흙을 취하고 자신의 눈물을
넣어 이겨서 신들의 형상과 비슷한 인간을 만들었다. 프로메테
우스는 이 인간에게 직립할 능력을 부여했다. 이 덕택에 다른 동
물은 모두 고개를 숙여 땅을 내려다보는데 인간만은 고개를 들고
하늘을 바라볼 수 있었다. 프로메테우스와 그의 아우 에피메테우

---

* **프로메테우스** 고대 그리스 신화에서 올림포스의 신들보다 한 세대 앞서는 티탄족에 속
하는 신이다. '먼저 생각하는 사람'이란 뜻이다. 주신(主神) 제우스가 감추어 둔 불을 훔
쳐 인간에게 내줌으로써 인간에게 맨 처음 문명을 가르친 것으로 알려져 있다.

하나님의 말씀은 살아있고, 힘이 있으며
어떤 양날의 칼보다도 날카로워서
사람 속을 꿰뚫어 혼과 영을 갈라내고
관절과 골수를 갈라놓기까지 하며
마음에 품은 생각과 의향을 가려냅니다.

스는 인간을 창조하고, 인간을 비롯한 다른 동물들에게 살아가는 데 필요한 모든 능력을 부여하는 임무를 맡고 있었다. 또한 프로메테우스는 인간에게 다른 동물들과 차별되는 직립할 능력을 부여했고, 아테네신은 인간에게 생명을 불어넣었다.

그런데 최고의 신 제우스는 인간에게 불을 주지 않았다. 자기가 지은 인간에게 많은 연민을 갖고 있었던 프로메테우스는 이러한 인간의 사정이 딱했다. 그래서 프로메테우스는 헤파이토스의 성스러운 화로에서 불을 회향나무에 붙여 와서 인간에게 주었다.

프로메테우스의 이 같은 행동은 최고의 신 제우스에게는 용서받을 수 없는 행위였다. 제우스는 이 일을 알고 화가 나서 인류를 홍수로 멸망시킬 생각을 하였다. 프로메테우스의 행위에 화가 나

하나님 앞에서는 아무것도 숨길 수 없고
모든 것이 그의 눈앞에 벌거숭이로 드러나 있습니다.
우리는 그의 앞에 모든 것을 드러내 놓아야 합니다.

히브리서 4.12–13 (기독교)

기도 했지만, 인간이 불을 갖게 되면 인간도 신이 되려고 할 것이
염려되기도 했다.

제우스는 화가 풀리지 않아 그를 붙잡아 코카서스 산의 높은
벼랑에 매달아 사슬로 결박하고 독수리로 하여금 간을 쪼아 먹
게 했다. 그런데 매일 쪼아 먹어도 간은 다시 생겨났고 고문도 계
속되었는데 30년이 지나서 영웅 헤라클레스가 그를 구해주었다.
그리고 헤라클레스는 프로메테우스의 간을 쪼아 먹던 독수리를
죽이고 사슬을 끊어 그를 풀어주었다. 그 후 프로메테우스는 영
원히 살게 되었다. 인간은 그에게 감사하여 제단을 쌓고 그의 속
박을 기념하여 반지를 끼게 되었다고 한다.

위의 신화에 따르면, 프로메테우스는 신들과 비슷한 형상으로

인간을 창조했으며, 또한 그는 인간에게 직립할 능력을 부여하였다. 이로써 인간은 다른 동물과는 달리 고개를 들고 하늘을 바라볼 수 있게 되었다. 뿐만 아니라 그는 천상의 불을 훔쳐서 인간세계에 줌으로써 인간은 다른 동물이 감히 넘보지 못할 존재가 될 수 있었다.

한편 우리는 프로메테우스의 신화에서 그가 제우스 신 몰래 인간에게 불을 훔쳐서 주었지만, 코카서스 산벼랑에서 매일 독수리에게 간을 쪼아 먹히는 고통을 당하는 장면을 읽었다. 프로메테우스라는 이름은 원래 '미리 아는 자'라는 의미를 갖고 그의 동생 에피메테우스는 '뒤늦게 아는 자'라는 의미를 갖는다. 희랍신화는 고대인들의 가장 원초적인 무의식을 드러내므로 매우 깊은 뜻의 의미를 전하고 있다.

프로메테우스를 '미리 아는 자'라고 할 때, 이는 인간의 선천적인 인식능력인 '직관'을 의미한다. 그리고 에피메테우스를 '뒤늦게 아는 자'라고 할 때 이는 인간의 후천적인 인식능력인 '추론'을 의미한다. 희랍신화는 인간의 중요한 특성을 의인화하여 이야기 형태로 꾸민 것이고, 따라서 고대인들의 내면에 자리 잡은 세계관을 후대인들에게 전달해주는 역할을 수행한다.

인간의 인식능력 중 최상인 선천적인 '직관'이야말로 신의 영역을 넘보고 신의 지혜를 알아낼 수 있는 유일한 것이며, 그렇기 때문에 제우스신이 가장 소중하게 여기는 불을 인간에게 전달해줄 수 있었다. 일반적으로 신화 해석자들은 제우스의 불을 플라톤의 이성(nous) 즉 신적인 정신(spirit)으로 이해하고 있다. 그러나 희랍신화의 인간 창조, 티탄족 프로메테우스의 범죄, 그리고 홍수심판 등의 이야기 전개과정이 성서의 창세기 신화와 흡사한 것으로 보아 프로메테우스의 불은 에덴동산의 인간의 범죄와 흡사한 성격을 갖는다고 볼 수 있다.

이처럼 프로메테우스 신화와 성서 창세기에서 하늘의 비밀인 불과 선악과를 훔친 사건은 유사하다. 인간이 하나님과 비슷한 형상으로 창조되었다는 것은 인간은 계명을 지키면 하나님의 영원한 복락을 향유하는 신성한 존재가 될 수 있다는 것을 의미한다. 성서에서 선악과를 따먹지 말라고 하신 신의 계명을 반대로 해석하면, 신의 계명을 지키면 따먹을 수 있을 뿐 아니라, 신처럼 눈이 밝아질 수 있다는 의미이다. 결국 프로메테우스 신화가 의미하는 것도 인간의 시조 아담과 해와처럼 신처럼 눈이 밝아지고 싶은 욕망, 즉 신들의 영생불멸의 세계를 동경하는 인간의 가장 원초적인 욕망을 그린 것이다.

하나님은 대지 위에, 그리고 그들의 영혼 속에서
하나님의 예증들을 보여주리니
그들이 그것이 진리임을 깨달을 때까지라.

꾸란 41.53 (이슬람)

신화속에 비친 인간

판도라

'판도라'는 제우스가 대장장이 신 헤파이스토스를 시켜 만든
여자 인간이다. 제우스는 판도라의 탄생을 축하하고 상자를 주며
그것을 절대로 열어보지 말라고 했다. 판도라는 결혼해서 행복하
게 살았지만, 호기심을 참지 못한 나머지 그 상자를 열고 말았다.
그 상자 안에는 온갖 욕심, 질투, 시기 그리고 각종 질병 등이 담
겨 있었고 그 상자를 여는 순간 그것들이 다 빠져나와 곳곳으로
퍼져 나갔다. 그 결과로 세상은 곧바로 험악해지고 말았다. 판도
라는 급히 상자를 닫았지만 그 안의 나쁜 것들은 이미 다 빠져나

간 후였다. 그런데 그 안에 있던 희망은 빠져나가지 않아서, 세상에는 여러 악한 일들이 많지만 그럼에도 희망은 지금까지 인간에게 지속될 수 있었다.

고대에는 유일신 사상이 정립되지 않았고, 다신론 배경이 지배적이었다. 종교역사를 보면 다신론에서 유일신론으로 발전하여 왔다. 신화는 다신론 시기의 신들의 이야기였고, 그 신화들이 이야기하는 목적은 어떻게 하면 신을 닮아 신들처럼 불사불멸의 세계에서 살 수 있을까를 보여주기 위한 것이다. '판도라 상자'의 신화이야기도 그렇고 '시지프스'의 신화이야기도 마찬가지이다. 사실 판도라는 제우스가 프로메테우스의 불을 훔친 대가로 인간에게 재앙을 내리기 위해서 만든 최초의 여자였다.

이 신화이야기를 통해 인간에게는 갖가지 악이 범람하면서도 한 가지 희망이라는 것이 있어 이를 간직하고 사는 것이라는 교훈을 얻게 된다. 그리고 에덴동산의 해와와 마찬가지로 인류 최초의 여자인 판도라도 제우스 신의 명령을 어기고 온갖 죄악을 퍼지게 하는 근원이 된다.

그대는 하나님께서 하늘과 땅에 있는
모든 것을 알고 계신다는 사실을 알지 못하는가?
셋 사이에 비밀이 있을 수 없나니, 그 분은 그들 가운데
네 번째가 되시며, 다섯 사이의 일이라면
그 분은 여섯 번째가 되시리라. 그 보다 적든 많든
그 분은 항상 그들 가운데서 함께 하시리.

꾸란 58.7 (이슬람교)

신화속에 비친 인간
시지프스

시지프스는 '인간 중에서 가장 현명하고 신중한 사람'이었다고 한다. 그러나 신들의 편에서 보면, 얄미운 존재다. 왜냐하면 엿듣기 좋아하고, 입이 싸고 교활하며, 신들을 우습게 여기는 존재이기 때문이다. 시지프스는 헤르메스 신이 아폴론의 소를 훔쳐 달아난 사실을 알고 이 일을 태양신 아폴론에게 일러바친다. 아폴론은 헤르메스를 제우스에게 고발하였는데 이 일로 시지프스는 헤르메스와 함께 제우스의 눈총을 받게 된다.

또 시지프스는 제우스가 화낼 일을 했다. 제우스가 독수리로

변해 요정 아이기나를 납치해가는 현장을 목격하고 이를 그녀의 아버지 아소포스에게 고해바쳐 딸을 구하게 해준다. 자신의 떳떳하지 못한 비행을 엿보고 이를 일러바친 자가 시지프스인 것을 알게 된 제우스는 저승신 타나토스를 시켜 시지프스를 잡아오라고 명령했는데 시지프스는 이를 미리 헤아리고 타나토스를 쇠사슬로 묶어 돌로 만든 감옥에 가두었다. 저승의 왕 하데스가 이 사실을 제우스에게 고하자 제우스는 전쟁의 신 아레스를 보내 타나토스를 구출했다.

이 일로 해서 하데스는 시지프스에게 저승에 있는 높은 바위산 기슭에 있는 큰 바위를 산꼭대기까지 밀어 올리는 가혹한 형벌을 명했다. 시지프스는 온 힘을 다해 바위를 산꼭대기까지 밀어 올렸으나 바위는 굴러 떨어졌다. 그러면 시지프스는 그것을 다시 밀어 올려야 했고 밀어 올리면 다시 또 떨어지는 일이 반복되었다. 그리하여 시지프스는 측량할 길 없는 시간과 싸우면서 영원히 바위를 밀어 올려야 했다.

이것은 그에게 언제 끝나리라는 보장도 없는 영겁의 형벌이었으며, 시지프스의 쓸데없는 노동 앞엔 헤아릴 길 없는 영겁의 시간만이 있을 뿐이다.

시지프스의 이야기는 인간이 아무리 현명하다 해도 신에게는 이길 수 없으며, 급기야 시지프스는 영원히 큰 바위를 끌어 올리는 형벌에 처해진 것을 보여준다. 신의 잘못을 알린 행위의 정당성과는 상관없이, 인간이 불멸의 신 앞에 도전한다는 것은 무익

나는 하나님의 사도에게
"당신은 당신의 주를 본 적이 있습니까?"라고 물었다.
그는 "그 분은 한줌 빛일진대, 내가 어떻게 그 분을
볼 수 있으리."라고 대답하였다.

무슬림 하디스 (이슬람교)

한 도전일 수밖에 없다는 것을 이 신화는 암시해 주고 있다.

고대 그리스철학자 플라톤은 인간은 원래 영혼만 가지고 '이데
아*의 세계에 살고 있었는데 육체를 갖게 되면서 지상으로 내려
왔다고 보았다. 하지만 원래 살았던 세계가 이데아 세계이므로
현재는 지상에 살고 있지만 언젠가는 고향인 이데아 세계로 가고
싶은 충동이 있다고 했다. 희랍신화가 의미하는 신화이야기의 이
상향은 바로 플라톤의 그 신들의 세계인 것이다. 우리 인간들의
욕망은 언제나 그곳을 향해 날아오르려 하고 신들의 세계를 동경

---

* 이데아 현상 세계 밖의 세상이며, 모든 사물의 원인이자 본질을 말한다. 현상 세계에서
모든 것들은 낡고 사라지는 것에 반해, 이데아는 시간에도 그 모습을 변치 않으며 현상
세계의 사물들이 궁극적으로 되고자 하는 것이다.

한다. 이처럼 인간 욕망의 본질은 불사불멸 신들의 세계에 대한 도전의 의미를 지닌다.

신의 문제야말로 인간의 욕망이 지향하는 근원이며, 인간 자체가 신들의 세계와 떼려야 뗄 수 없는 관계인 것을 의미하기도 한다. 신들의 세계는 인간이 궁극적으로 머물고 말 이상의 세계, 불사불멸의 영원한 세계인 것이다. 이상의 신화 이야기를 통해 우리 인간은 현실세계에 살고 있으면서 신들의 불멸의 세계를 꿈꾸고 있다는 것을 알 수 있다. 그러므로 인간은 근본적으로 신의 세계를 지향하는 종교적 존재이고, 이와 같은 생각과 염원이 종교로 발전하게 된 것이다.

하나님이 살아 계시고,
그 하나님은 인류의 부모라는 것입니다.
인간과 하나님의 관계는 부자관계라는 것입니다.

평화경 108p (세계평화통일가정연합)

인류의 부모는 하나님

모든 사람은 부모가 있다. 그 누구도 부모 없이 태어나는 사람은 없다. 설사 어떤 사정으로 부모가 누구인지 잘 모르는 사람이 있다 할지라도, 그 사람 또한 부모를 통하여 이 세상에 태어났다는 사실은 분명하다. 부모 또한 마찬가지이다. 어머니는 외조부모가 있었기 때문에 이 세상에 태어났으며, 아버지는 조부모의 아들이다. 이와 같이 부모의 부모를 거슬러 올라갈 때, 최초의 부모는 누구인가 하는 것이다. 기독교 성서에 따르면, 인류의 첫 부모는 하나님이다. 하나님은 자신의 형상대로 인류의 첫 조상인 아담과 해와를 창조했다.

그러면 인류의 부모로서 하나님은 어떤 모습으로 있는가? 하나님은 우리가 바깥의 사물을 보고 만져서 아는 것처럼 알려지는 분이 아니다. 왜냐하면 하나님은 인간과 만물의 제1원인자이기 때문이다. 항상 원인은 결과에 비하여 미세하며, 그렇기 때문에 쉽게 그 모습이 알려지지 않는다. 예를 들어, 우리가 책상을 볼 때 책상의 모양과 색깔 등은 쉽게 알 수 있지만, 책상의 원인이 되는 나무의 분자는 눈에 보이지도 않고 현미경이 없으면 어떤 모습인지 정확하게 알 수 없다. 나아가서 나무의 분자를 구성하는 원자는 더욱 알기 어렵고, 원자를 구성하는 미립자는 더더욱 알기 어렵다. 그러나 책상을 구성하는 미립자가 눈에 보이지 않는다고 해서 그것이 없는 것은 아니다.

이와 마찬가지로, 하나님은 인간과 만물의 제1원인자*이기 때문에 눈에 보이지도 않고 쉽게 알 수도 없지만, 인간과 만물의 제1원인자로 계신다. 그러면 눈에 보이지도 않는 하나님의 모습을 어떻게 아는가? 하나님을 제1원인자로 해서 창조된 인간과 만물을 보면 하나님의 모습을 알 수 있다. 또한 기독교 성서에서 하나님은 당신의 형상대로 사람을 창조했다고 밝혔기 때문에 제1원인자 하나님의 결과물인 사람의 모습을 보면 하나님의 모습을 알 수 있다.

---

* **제1원인자** 만물은 결과물로서 어떤 원인으로부터 발생한 것이라 할 수 있는데, 이러한 논리에서 만물의 맨 첫 원인이 되는 존재를 일컬어서 제1원인자라고 한다. 기독교에서는 하나님을 제1원인자로 본다.

하나님께서는 당신의 모습대로 사람을 지어내셨다.
당신의 모습대로 지어내시되 남자와 여자로 창조하셨다.

창세기 1:27 (유대교, 기독교)

인간과 만물의 이성성상

사람의 가장 보편적인 모습은 무엇인가? 첫째, 모든 사람은 마음과 몸으로 이루어져 있다. 흑인이든 백인이든, 동양 사람이든 서양 사람이든, 또는 옛날 사람이든 현대인이든, 누구나 몸과 마음으로 이루어져 있다. 둘째, 사람은 누구나 여자 또는 남자이다. 흑인이든 백인이든, 동양 사람이든 서양 사람이든, 또는 옛날 사람이든 현대인이든, 예외 없이 누구나 여자 또는 남자이다.

이렇게 볼 때, 사람의 가장 보편적인 모습은 마음과 몸을 지닌다는 것이며, 또한 몸과 마음을 지니는 사람은 여자 아니면 남자라는 사실이다. 이 둘 중에서 앞의 것이 좀 더 보편적인 모습이다. 즉 사람은 누구나 마음과 몸을 지닌다는 특징은 모든 사람에게 적용될 수 있지만, 모든 사람이 여성인 것은 아니다. 또한 모든 사람이 남성인 것도 아니다. 우리는 남자 또는 여자이기 전에 마음과 몸을 지니는 사람이다. 마음은 여성적인 측면과 남성적인 측면을 지니며, 몸 또한 여성적인 측면과 남성적인 측면을 지닌다.

　모든 사람이 마음과 몸으로 이루어져 있는 것처럼 하나님도 마음적인 측면과 몸적인 측면을 지니며, 앞의 것을 성상(性相), 뒤의 것을 형상(形狀)이라고 한다. 성상은 마음과 같은 내적 성질과 기능을 말하며, 형상은 몸과 같은 외적 형체를 말한다. 그런데 성상과 형상은 동일한 존재의 상대적인 측면을 말하기 때문에 형상을 제2의 성상이라고 할 수 있다. 따라서 이 성상과 형상을 합쳐서 이성성상(二性性相)이라고 한다. 마음과 몸이 서로 구별되지만 불가분의 관계로 있는 것처럼 하나님의 성상과 형상은 불가분의 관계로 통일되어 있으며, 따라서 하나님은 이성성상의 통일체로 있다고 말한다.

하나님은 그 자체 안에 성상과 형상을 지닐 뿐만 아니라, 또한 하나님의 창조물인 인간과의 관계에서 성상의 위치에 있다. 하나님과 인간의 관계는 성상과 형상의 관계이며, 성상과 형상이 불가분의 통일체로 있는 것처럼 하나님과 인간은 불가분의 통일체로 서로 닮음의 관계를 이룬다. 그러므로 마치 마음과 몸의 관계처럼 하나님과 인간의 관계는 부모와 자식의 부자관계인 것이다. 즉, 하나님과 인간의 관계는 마치 마음(성상)과 몸(형상)의 관계와 같다고 할 수 있다. 마음과 몸이 서로 닮았듯이 사람은 하나님의 모습을 가장 잘 닮아난 존재인 것이다. 인간의 성상과 형상은 동식물과 만물의 성상과 형상을 축소한 형태로 모두 갖추고 있으며, 따라서 인간은 우주의 총합실체상(總合實體相)으로 만물을 주관하도록 창조되었다.

결국, 완성한 인간은 하나님의 모습을 가장 닮아난 하나님의 자녀로 창조되었다. 흔히 인간을 만물의 영장 또는 소우주라고 말하는데, 이것은 피조 만물의 주관자로 창조된 인간의 특수한 위상을 말해주는 것이다.

인격완성과 종교

종교(宗敎)의 한자 표기는 '마루 종(宗)', '가르칠 교(敎)'이다. 우리 말 '마루'는 꼭대기 혹은 최고를 의미한다. 따라서 '종교'라는 말에는 최고의 진리를 가르친다는 뜻이 담겨 있다. 최고의 진리를 가르쳐 인격자를 만드는 것이 종교의 목적인 것이다. 우리가 진리를 배워야 하는 것은 인간의 도리를 알기 위해서다. 인간이 인간 됨의 도리를 알아야 "어디서 와서, 어떻게 살다가, 어디로 가느냐?" 등 인생의 궁극적 의미와 목적을 알게 된다.

현대는 과학 문명과 개인주의의 영향으로 사람을 중시하는 문화가 사라지고 있다. 과학문명의 발달로 사람보다 물질을 중시하

세상의 어느 백성들, 인종이나 종교를 불문하고
그들이 하나의 하늘의 근원에서 그들의 영감을 받았고
그들이 하나의 신의 백성이라는 것은 틀림없다.
그들이 따르고 지키는 율령의 차이는
그들이 계시 받은 시대의

고, 개인주의 발달로 다른 사람들보다 나를 먼저 생각하는 이기적인 사회가 되었다. 도덕적이고 아름다운 사회를 만들기 위해서는 가정, 학교, 종교 등에서 인격자를 만드는 교육이 요구된다. 특히 종교는 진리를 가르치는 것이 목적이므로 인격자를 만드는 것이 종교교육의 전부라고 할 수 있다.

　인격이란 사람의 품격을 말하는 것으로서, 인간의 됨됨이 즉 '사람다움'을 말한다. 일반적으로 인격자란 도덕적으로 건전하고 품행이 바른 사람을 뜻하고, 종교에서 말하는 인격자란 신의 뜻에 합당한 사람을 가리킨다. 신을 믿고 하나님 뜻에 순종하는 사람을 인격자라고 보는 것이다. 이런 의미에서 볼 때, 종교교육의 목적은 신의 뜻에 합당한 인격자를 만드는 것이다.

다양한 요구와 긴급한 사정에 기인하는 것이다.
인간의 고집의 결과인 것을 제외한 모든 율령은
하나의 신에 의해 제정되었고
하나의 신의 의지와 목적의 반영이다.

바하울라 저서들의 낙수집 111 (바하이교)

    종교 경전은 인간이 지상생활을 통하여 선행을 함으로써 천국에 입성할 수 있음을 가르친다. 한국 속담에 있는 "콩 심은 데 콩 나고, 팥 심은 데 팥 난다."는 말처럼 행한 대로 받는 것이다.

    현대인들은 지금 이 세계에서 순간의 기쁨이나 향락을 위해 욕망의 노예가 되기를 두려워하지 않는다. 이기적으로 자신의 욕망만을 추구하며 타인의 삶을 돌보지 않는 현대인은 인격의 모순 속에서 갈등하며 살아갈 수밖에 없게 된다. 이기적인 욕망을 좇아 영인체를 병들게 한 현대인들은 지상지옥을 만들었고, 죽음 이후에도 천상지옥에서 살아가게 된다.

    이처럼 종교에서는 인간이 지상에서 육신을 쓰고 사는 동안 이기적인 욕망을 좇아 살았는가, 아니면 양심에 따라 올바른 뜻

을 중심하고 살았는가에 따라 지옥과 천국이 결정된다고 말하고
있다.

대 자비심은
깨달음의 본질이다.
화엄경 입법계품 (불교)

인격완성과 불교

석가모니는 보리수 아래에서 깨달은 바를 제자들에게 가르쳤는데, 그 중에서 주된 것은 네 가지의 귀한 진리였다. 첫째, 인생은 괴로움이라는 것이다. 사람은 태어나서 늙고 병들어 죽는다. 태어나는 순간부터 사람은 죽음을 향해 달려가도록 되어있다. 즐거움이나 쾌락이라고 생각되는 것도 자세히 보면 한낱 괴로움에 불과힐 뿐이다. 둘째, 괴로움이란 자기 자신에 집착하기 때문에 생긴다는 것이다. 자기의 이익만 좇는 욕망, 그리고 감각적 쾌락을 좇는 욕망은 결국 괴로움을 가져오게 된다. 셋째, 자기 자신에 대한 집착을 버릴 때 괴로움에서 벗어날 수 있다. 이때에 비로소 사람에게 괴로움을 가져온 원인을 제거할 수 있게 된다. 넷째, 괴로움에서 벗어날 수 있는 구체적인 방법에 대한 가르침이다. 그것은 여덟 가지의 올바른 수행으로서 각자가 스스로 노력하고 훈련하여야 한다. 이 여덟 가지의 수행은 바른 견해와 바른 생각, 바른 말과 바른 행동, 바른 생활 자세, 그리고 바른 노력, 바른 기억, 바른 정신집중을 뜻한다.

불교는 이 네 가지의 귀한 진리와 더불어 우주에 대한 견해를 연기설로 설명한다. 연기설은 '이것이 있으매 저것이 있고, 이것이 생겨나매 저것이 생겨난다. 이것이 없으면 저것이 없고, 이것이 멸하면 저것이 멸한다.'고 할 수 있다. 연기설은 이 세상에 나타나는 모든 것은 여러 요인들이 서로 인연을 맺으며 인과관계로

무지에 가려 있어서
사람과 붓다의 마음은 다른 것처럼 보인다.
그러나 마음의 본질의 영역에서 그들은 모두 같다.

밀라레파 (불교)

얽혀 있다는 설명이다. 어떠한 존재도 다른 존재와 관련 없이 홀로 나타나는 것은 없다. 모든 것은 서로 관계를 맺은 채로 존재하기도 하며 없어지기도 한다. 즉 어떤 것이 있기 위해서는 다른 것이 있어야 하며, 어떤 것이 없어지기 위해서는 다른 것이 없어져야 한다는 것이다. 결국 불교는 괴로움으로 얽혀 있는 이 세상에서 벗어날 것을 가르친다. 그것은 깨달음을 통해서 해탈의 경지에 이를 때 가능해진다는 것이다. 이와 같이 불교는 체계적이고 깊이 있는 가르침을 통해서 인간들에게 올바른 삶을 살도록 도와주고 있다.

불교의 창시자는 석가모니(B.C. 624?~B.C. 544?) 붓다이다. '붓다'는 깨달은 자라는 뜻으로서 수행을 통해서 깨달음과 해탈의 경지에 들어갔음을 의미한다. 해탈이란 인생과 우주의 이치를 꿰뚫어 볼 수 있는 지혜를 터득하여 모든 생로병사의 고통으로부터 벗어나 자유로운 상태를 의미한다. 따라서 불교에서 말하는 인격자란 부처님처럼 지혜를 터득하고 중생에 대한 자비로운 마음을 가진 사람을 가리킨다. 불교에서 인격자가 되기 위해서는 '삼보'에 의지해야 한다. 삼보란 세 가지의 보배라는 뜻인데, 즉 '부처님', '부처님의 가르침인 법', 그리고 '스승의 자리에 있는 승려' 등에 의존하여 그들의 인격을 본받아야 함을 말한다.

석가모니는 기원전 6세기에 인도 카필라성의 왕자로 태어났다. 그의 본래 이름은 고타마 싯다르타였다. 그의 탄생과 관련된 신기한 이야기가 전해지고 있다. 그의 어머니가 흰 코끼리에 관

강의 모래알처럼 많은 사람들 가운데
피안(彼岸)에 이른 이는 드물다.
대개의 사람들은 차안(此岸)에서 이리저리 헤매고 있을 뿐이다.
그러나 올바른 가르침의 뗏목을 엮어 진리를 따라
바로 행하는 이들은 가로지르기 어려운
욕망의 강을 건너 머지않아 피안에 이르리라.

법구경 85-86 (불교)

한 꿈을 꾸었다. 이 꿈에 대한 풀이는 그의 어머니가 사내아이를 낳을 것인데, 그가 훌륭한 왕이 되거나 세상의 무지를 밝혀줄 깨달은 사람이 된다는 것이다. 왕인 그의 아버지는 자기 아들이 현자가 되기보다는 자신의 대를 이어 카필라성을 통치하기를 바랐으므로 왕자에게 세상의 괴로움을 맛보게 하지 않으려고 노력하였다.

그럼에도 불구하고 그는 모든 사람이 겪게 되는 일, 즉 태어나서 늙고 병들어 죽는 괴로움에 대해 깊이 생각하게 되었다. 비록 그가 성장하면서 왕이 되기 위한 교육을 받았고 부족한 것 없는 호화로운 생활을 하고 있었지만, 그는 인생의 괴로움을 해결하기 위해서 고민하게 되었다. 그리하여 그에게 보장된 부귀와 영화로운 삶을 포기하고 주위의 만류를 뿌리친 채 출가하여 수행 길에 들어섰다.

　고타마 싯다르타는 처음에 두 스승 밑에서 요가를 배우며 수행하였으나 만족할 수 없어서 그들을 떠나 엄격한 고행에 들어갔다. 6년간의 극심한 고행에도 불구하고 그가 바라던 궁극적 진리를 찾을 수 없었다. 그리하여 고행을 중단하고 보리수 아래에 앉아 참선하던 중 깨달음을 얻을 수 있었다. 그 깨달음으로 그는 인생의 문제를 해결하고 중생구제에 나섰다.

공자께서 말씀하셨다.

"사리사욕을 억제하고 예로 돌아감이 인이다.

하루라도 자기를 누르고 예로 돌아가면

천하가 인에로 돌아갈 것이다."

논어 12.1.1 (유교)

인격완성과 유교

유교에서 말하는 이상적 인간상은 '군자(君子)'로서 '인(仁)'의 덕목을 갖춘 어질고 착한 사람을 말한다. 유교의 경전 '논어'*는 공자님과 제자들의 대화를 정리한 경전으로서 주로 인간과 인간관계의 예의와 질서를 말하고 있다. 유교에서는 삼강(세 가지의 강령)과 오륜(다섯 가지의 도리)을 지켜야 인격자라 할 수 있다.

삼강은 '임금과 신하', '부모와 자식', '남편과 아내'의 관계에서

---

* 사서오경(四書五經) 유가의 기본 경전인 '대학' '논어' '맹자' '중용'의 4서와 '시경' '서경' '주역' '예기' '춘추'의 5경을 말한다.

지켜야 할 지침이며, 오륜은 '아버지와 자식', '임금과 신하', '남편과 아내', '어른과 아이', '친구와 친구' 등이 지켜야 할 도리를 말한다. 이러한 인간관계에서 지켜야 할 가장 중요한 덕목으로 효(孝)를 꼽을 수 있다. 따라서 유교에서 말하는 인격자란 나라에서는 충(忠), 가정에서는 효(孝), 그리고 사람들을 대하여는 예(禮)의 덕목을 갖춘 사람을 말한다.

유교는 공자(B.C. 551~B.C. 479)에 의해서 시작되었다. 유교의 창시자인 공자는 중국의 노나라 사람이다. 그의 이름은 공구(孔丘)인데, 일반적으로는 공자라고 불린다. 그 이유는 선생을 뜻하는 자(子)자를 성에 붙여 부름으로써 위대한 스승으로 존경하고자 함이다. 공자는 일찍이 아버지를 여의고 어머니 밑에서 가난하게 살았다. 젊은 시절에 얼마동안 벼슬살이도 했으나, 이에 만족하지 않고 당시의 혼란한 사회를 바로잡고자 여러 나라의 통치자들을 찾아다니며 자신의 정치적인 이상을 제시하였다. 그러나 어느 군주도 그를 받아주지 않아 그는 자신의 정치적 이상을 구체적으로 실현해 볼 기회를 가지지 못했다.

그리하여 공자는 제자들을 불러 모아 가르치기에 전념하였다. 그는 제자들이 폭넓은 교양과 덕성을 갖추고 그를 대신하여 정치를 할 수 있기를 기대했다. 공자에게서 배운 제자들은 무려 3천명 가량 되었는데, 그 중에는 높은 벼슬을 한 사람도 있었다. 그는 온건한 성격의 소유자였다. 당시의 사회에 존재하는 전통을 살려 사람이 사람답게 살아갈 수 있는 세상을 만들어 가려는 높은 이상을 품은 교육자였다. 그의 고매한 인격과 가르침의 영향이 지대했기에 후대의 사람들이 그를 성현으로 추앙하게 되었다. 공자의 가르침은 그의 제자들이 엮어 만든 '대학' '중용' '논어'에 잘 나타나 있다.

공자의 사상은 수기치인(修己治人), 즉 먼저 자신을 수양하고, 나아가서 남을 지도하는 것을 그 핵심으로 한다. 그리하여 유교는 윤리적 가르침을 중시하는 종교로 인정되고 있다. 공자는 도덕적으로 완성한 사람을 이상적 인간으로 보고 이를 군자(君子)라고 불렀다. 그는 제자들에게 군자의 길에 대해 가르치고 이를 따를 것을 권장했다. 그러므로 공자의 사상은 군자가 걸어가야 할 길, 곧 군자의 도리를 가르치는 사상이라고도 할 수 있다.

해가 지면 달이 뜨고 달이 지면 해가 뜬다.

해와 달이 서로 교체하여 밝은 빛이 생긴다.

추위가 가면 더위가 오고 더위가 가면 추위가 온다.

추위와 더위가 서로 교체하여서 세월이 생긴다.

가는 것은 굽히는 것이요 오는 것은 펴는 것이다.

굽히는 것과 펴는 것이 서로 교감하여 이로움이 생긴다.

역경, 계사전 2.5.2–3 (유교)

군자는 어짊(仁)과 예의(禮)를 실천하는 사람이다. 어짊이란 사랑이라고도 할 수 있는데, 사람이 날 때부터 가지고 있는, 상대를 위하고자 하는 착한 마음이다. 이것은 상대방의 연령, 성별, 처지 등에 따라 다양한 사랑의 형태로 나타날 수 있다. 이렇게 상대를 위하는 어진 마음이 경우나 상황에 따라 다양하게 나타날 수 있기 때문에 이것을 구체적으로 자세하게 규정한 것이 예의이다. 그러므로 사랑의 마음을 가지고 예의를 따르는 사람을 군자라 할 수 있다. 공자의 사상은 당시 사회의 현실적인 문제를 해결하는 데 도움을 주는 가르침이었다. 공자는 개인의 문제로부터 가정의 문제를 거쳐 나라의 정치적 문제에 이르는 모든 과제가 서로 연관되어 있다고 생각하였다. 그래서 개인의 수양과정을 거친 후에 가정과 국가를 다스릴 수 있다고 가르쳤다.

공자가 가르친 개인의 수양과정을 살펴보면, 먼저 '사물의 이치를 터득한 뒤에야 참된 지식에 이르고, 참된 지식에 이른 뒤에야 뜻을 진실하게 할 수 있고, 마음을 바르게 한 뒤에야 자신을 수양할 수 있다.'고 하였다. 그리고 더 나아가 '자신을 수양한 뒤에야 가정을 잘 가꿀 수 있고, 가정을 잘 가꾼 뒤에야 비로소 세상을 평화롭게 할 수 있다.'고 하였다.

공자는 가족 단위의 생활에서 사람의 됨됨이가 잘 나타난다고 보았다. 그것은 사람의 감정이란 가정에서 자연스럽게 싹트고 자라나게 되기 때문이다. 혈연으로 맺어진 부모와 자녀의 관계에서 부모가 자녀를 사랑하고 보살피는 일은 자연스러운 것이며, 부모의 사랑을 받고 자란 자녀가 부모를 공경하는 것 또한 당연한 것이다. 자녀가 부모를 공경하는 것을 '효'라고 한다. 공자는 효를 모든 도덕의 출발점으로 보았다. 사람이 가정에서 부모에게 효도를 다할 수 있어야 사회에서 책임 있는 사람이 될 수 있고 나아가 국가에서 국민의 도리를 다할 수 있는 것이다.

이처럼 부모와 자녀의 올바른 관계가 사회와 국가로 확대될 때 올바른 윤리관계가 이루어진다. 그렇게 해서 유교는 인간관계의 근본이 되는 다섯 가지 윤리의 중요성을 강조하였다. 그것은 바로 아버지와 아들의 친밀한 관계, 남편과 아내의 존중하는 관계, 어른과 아이의 질서 관계, 친구와 친구의 신뢰하는 관계, 임금과 신하의 신의를 지키는 관계이다. 공자는 신(神)에 관해서는 거의 말하지 않았다. 그러나 유교는 사람의 삶과 운명에 대해 깊은 관심을 보이고, 초자연적인 힘을 인정하고 있다.

또한 유교는 자연의 변화를 이해하고 인간사에 영향을 미치는 하늘과 땅에 대한 깊은 경외심을 가지고 있어서 종교적인 성격을 드러내고 있다. 사람이 살아가는 방식은 하늘의 법도와 일치해야 한다고 보았다. 그래서 유교에서는 사람의 삶을 올바로 인도하기 위해 자연을 탐구하고 자연이 가르쳐 주는 도리를 따르고자 했던 것이다.

‘네 마음을 다하고 목숨을 다하고 뜻을 다하여
주님이신 너희 하나님을 사랑하라’
이것이 가장 크고 첫째가 되는 계명이고,
‘네 이웃을 네 몸같이 사랑하라’는
둘째 계명도 이에 못지않게 중요하다.
이 두 계명이 모든 율법과 예언서의 골자이다.

마태복음 22:36-40 (기독교)

인격완성과 기독교

예수의 시대에 유대인들은 구약성서의 율법을 신앙하고 있었다. 그런데 그들은 그 율법의 참된 정신을 이해하지 못하였다. 이러한 상황에서 예수는 율법의 참된 정신은 사랑이라고 가르쳤다. 그는 율법서에서 어느 계명이 가장 큰 계명이냐는 질문에 위와 같이 대답하였다.

기독교는 예수에 의해서 시작된 종교이다. 예수는 지금부터 약 2천 년 전에 이스라엘의 베들레헴에서 태어났다. 예수가 태어난 당시 이스라엘은 로마의 식민지였다. 이스라엘 사람들은 구약성서에 기록된 것처럼 자신들을 구원하여 줄 메시아가 나타날 것을 기대하고 있었다. 그 메시아로서 이스라엘에 나타난 분이 바로 예수 그리스도였다. 예수 그리스도는 30세 되던 때부터 인류 구원의 사명을 시작하여 12제자를 불러 모아 사도로 삼았다. 그리고 그들과 함께 구원의 기쁜 소식을 전파하고 병든 자를 고쳐주는 등 기적을 행하였다. 이 같은 전도활동으로 많은 유대인들이 예수를 따랐다. 예수의 행동 중에는 유대교의 전통적인 신앙과 배치되는 면이 있었다. 그는 안식일을 지키지 않고 스스로 안식일의 주인이라고 하였고, 죄인들과 어울리며 먹고 마셨다.

더구나 그는 자신으로 말미암지 않으면 하늘나라에 들어갈 자가 없다고 하면서 자신을 하나님과 동등한 위치에 세우기도 하였다. 그리하여 유대교의 지도자들은 그를 마귀의 왕이 접한 자라고 비난하였고, 예수를 죽이기 위해 적당한 기회를 엿보았다. 예수의 제자 유다와 유대교 지도자들이 결탁하여 예수를 체포하였고, 그는 대제사장 가야바와 로마 총독 빌라도 앞에서 재판을 받은 후 십자가에 못 박혔다. 최후의 순간에 그는 자신의 영혼을 하나님께 의탁하는 기도를 드리면서 숨을 거두었다. 예수의 구원사역은 이것으로 끝난 것이 아니었다. 하나님은 예수 그리스도가 죽음을 이기고 부활하게 하여 구원섭리를 이끌어가셨다. 이런 과정을 거쳐서 부활의 종교인 기독교는 출발하게 된 것이다.

기독교에서 인격자란 하나님의 뜻과 사랑을 실천하는 사람을 가리킨다. 그런데 하나님은 보이지 않기 때문에 하나님의 아들로 오신 그리스도를 믿고 따르는 것이 곧 인격자가 되는 길이다. 인

너희가 너희의 땅에서 곡식을 거둘 때에 너는 밭모퉁이까지
다 거두지 말고 네 떨어진 이삭도 줍지 말며
네 포도원의 열매를 다 따지 말며 네 포도원에 떨어진
열매도 줍지 말고 가난한 사람과 거류민을 위하여 버려두라
나는 너희의 하나님 여호와이니라.

레위기 19:9-10 (유대교, 기독교)

격자는 기독교의 가르침을 믿고 실천해야 하며, 예수 그리스도가
그랬듯이 이웃을 사랑하고 세상을 위해 봉사하는 삶을 살아야 한
다. 이런 이유로 예수 그리스도는 "내가 곧 길이요 진리요 생명이
니 나로 말미암지 않고는 아버지께로 올 자가 없느니라."(요한복음
14:6)고 하였다. 이는 예수 그리스도를 통해 인격자가 되고 하나
님의 나라, 즉 천국에 갈 수 있다는 말씀이다.

　이처럼 예수는 '성서*'의 본뜻을 하나님과 이웃에 대한 사랑으

---

* 성서(聖書, Bible) 유대교, 기독교의 성전(聖典)이다. 구약성서는 39권, 신약성서는 27
권으로 이루어졌다. 구약은 신앙의 서적인 동시에 유대민족 고대 역사의 집대성이요, 신
약은 예수의 전기와 바울의 서간을 중심으로 계시 문학을 첨가한 것이다. 구약은 히브
리어로, 신약은 그리스어로 기록되어 있다.

로 정리하여 가르쳤다. 그 중에서도 가장 근본적인 가르침은 하나님에 대한 사랑이었다. 기독교 신앙의 궁극적 중심은 하나님이다. 하나님은 한 분으로서 전지전능하고 지극히 높고 선한 존재이며 이 세상을 창조한 분이다. 그 하나님은 사람에게 당신의 뜻을 계시하고 사람의 기도에 응답하는 분이다. 하나님은 이 세상을 창조한 후 사람에게 이 세상을 다스릴 것을 명하였다. 그러나 사람이 하나님의 계명을 어기고 타락함으로써 에덴동산에서 추방되어 해산의 고통과 일하며 땀을 흘리는 고통을 당하게 되었고, 불의한 세계에서 살게 되었다. 이 불의한 세계에서 사는 사람을 구원하고자 하나님은 예수 그리스도를 보내어 구원의 활동을 하게 하였다.

기독교인들은 이 세상이 언젠가 죄악으로부터 해방되고, 하나님의 완전한 주권이 실현될 것이라고 믿는다. 또한 기독교인들은 그리스도의 수난과 죽음, 그리고 부활과 재림을 믿는다. 그들은 예수의 가르침을 따르면서 죄악이 사라지고 그리스도를 중심으로 하여 이루어질 하나님 나라의 도래를 기다리고 있다.

현세에서 선을 행하는 자들에게는
보상이 있으리라.

꾸란 39,10 (이슬람교)

인격완성과 이슬람교

이슬람교의 기본적인 경전은 '꾸란'이다. 그것은 무함마드가 동굴에서 명상하던 중 받은 계시를 시작으로, 그 후 23년간의 계시를 기록한 것이다. 이슬람 교인들은 '꾸란'의 저자는 하나님이라고 믿고 있다. 또한 오늘날 '꾸란'의 다양한 번역본이 나와 있지만 어느 것도 참된 번역이라고 하지 않는다. 왜냐하면 어떠한 외국어 번역도 아랍어 '꾸란'의 거룩함을 충분히 전달할 수 없기 때문이라는 것이다. 흔히 이슬람교를 복종의 종교라고 한다. 이슬람이란 '평화'라는 말에서 파생된 '복종'이라는 의미를 가진 말이다. 이슬람 교인들을 일컫는 무슬림이라는 말도 복종하는 사람이라는 뜻을 지닌다. 그러므로 이슬람은 하나님에 대한 복종으로 평화를 얻는 것을 뜻한다.

이슬람 신앙의 핵심은 '알라' 외에 신은 없고 무함마드는 '알라'가 보낸 마지막 사자라는 것이다. 알라는 신을 의미한다. '꾸란'에 의하면 알라는 창조주로서 유일하고 전능하며 자비로운 존재이다. '꾸란'과 '하디스'에는 살아있는 자, 전능한 자, 듣는 자, 보는 자, 자비로운 자, 지혜로운 자 등 알라의 아흔아홉 가지 이름이 언급되어 있다.

이슬람교는 이 세상을 긍정적으로 본다. 이 세상은 사람이 하나님의 가르침에 따라 살아가야 할 곳이기 때문이다. 누구든지 하나님 앞에서는 동등하며, 이슬람의 가르침, 즉 하나님의 말씀

믿는 사람들이여. 하나님 앞에서 증언자로서 공정함을 지켜라.
다른 사람에 대한 증오로 공정함을 잃지 말고 공정하라.
그것이 경외심에 가장 가까운 것이다.
하나님을 경외하라. 진실로 하나님은
너희가 행하는 것을 다 아시는 분이시니라.

꾸란 5.8 (이슬람교)

대로 살기만 하면 죽어서 천국에 들어갈 수 있다. 이슬람교는 모
든 신자에게 다섯 기둥이라 불리는 다섯 가지 의무를 요구한다.
그것은 하나님과 그의 사자인 무함마드에 대한 신앙고백, 매일
지정된 시간에 드리는 다섯 차례의 기도, 무함마드가 처음으로
계시를 받은 달을 기념하여 실행하는 단식, 자신의 재산을 가난
한 사람을 위해 내놓는 희사, 성지 메카의 순례와 거룩한 사원의
방문이다.

이슬람교는 무함마드(570-632)에 의해서 시작되었다. 이슬람교
의 창시자인 무함마드는 메카에서 태어났다. 아주 어린 시절에
부모를 여의고, 큰 아버지의 집에서 자랐다. 무함마드는 40세 되
던 해에 메카 근처의 동굴에서 천사를 만나 계시를 받으면서 자

신이 하나님의 사자이자 예언자인 것을 알게 되었다. 예언자로서의 사명을 깨달은 무함마드는 메카에서 종교운동을 일으켰으나 박해를 받았고 결국 메디나에서 새롭게 선교 활동을 시작하였다. 이슬람에서 무함마드는 절대적 권위를 가지나 숭배의 대상은 아니다. 이슬람교인들은 무함마드는 신의 계시를 인류에게 전하는 전달자에 불과하다고 볼 뿐, 결코 그에게 초자연적인 자질이 있다고 믿지 않는다.

무함마드가 신의 계시를 받아 전한 말을 기록한 것이 '꾸란*'이

---

* **꾸란** 꾸란 또는 쿠란, 코란은 예언자 무함마드가 610년 이후 23년간 알라에게 받은 계시를 구전으로 전하다가 그의 가르침을 받은 제자들이 여러 장소에서 여러 시대를 걸쳐 기록한 기록물들을 모아서 집대성했다. 이 계시는 무함마드가 40세 경 현재 사우디아라

고, 무함마드의 언행이 전승되다가 기록된 것이 '하디스*'이다. 이
슬람교에서 예언자들은 알라의 사자이다. 하나님은 아담, 노아,
아브라함, 이스마엘, 모세와 그 외의 많은 예언자들을 통하여 계
시를 주었다. 그 계시의 내용은 궁극적으로 하나인데, 그것은 하
나님의 뜻에 복종하라는 것이다. 이슬람교는 유대교나 기독교와
여러 측면에서 연관되어 있다.

비아에 있는 히라산 동굴에서 천사 지브릴을 통해 처음 받았다.
* **하디스** 코란에 이은 이슬람 제2의 경전. 무함마드가 남긴 언행록.

제의의 결과는 유한하며 덧없는 것이다.
미혹되어 그 무상한 것들을 지고선으로 여기는 이들은
생사의 윤회를 벗어날 수 없다. 행위에 집착한 나머지
그들은 신을 알지 못한다. 행위는 그들로 하여금
천계에 이르게 할 뿐이니, 행위로 얻은 덧없는 과실이
어느덧 다하면 그들은 다시 지계로 내던져지리라.

인격완성과 힌두교

힌두교는 '인도의 종교'를 뜻한다. 즉 힌두교란 인도에서 발생
한 모든 종교를 말한다. 그러나 베다의 권위를 인정하지 않는 종
교인 불교나 자이나교를 제외한 인도 종교를 말하기도 한다. 넓
은 의미의 힌두교는 기원전 1500년경부터 오랜 기간에 걸쳐 형
성되어 매우 오래된 역사를 지닌 종교이다. 그래서 힌두교는 이
를 창시한 교조도 없고 위계조직도 없다. 힌두교는 원시적인 정
령숭배로부터 주술, 고행, 신비주의, 사변적 체계 등의 다양한 신
앙형태가 융합된 종교여서 간단히 정의하기가 어렵다.

유목민이던 아리아인들이 기원전 1500년경 인도에 침입하여

구도의 길을 단지 제의의 준수나
보시행으로 여기는 이들은
구극의 선을 알지 못하는 것이다.
천계에서 지난날 그들의
선행의 결과로 받은 보상들이 다하면
그들은 다시 덧없는 숙명의 세계로 떨어진다.

원래부터 가지고 있던 여러 자연신을 섬기는 종교사상에 인도 토
착종교의 요소를 흡수하여 브라만교를 발전시켰다. 사회가 커지
고 도시가 형성되면서 브라만교는 기원전 500년경 당시의 여러
사상들의 영향을 받으면서 더욱 심오한 종교로 발전하게 되었다.
이렇게 새롭게 발전한 종교를 좁은 의미에서의 힌두교라고 부른
다. 힌두교는 교파에 따라 아주 다양한 교리를 가지고 있다. 그
이유는 힌두교인들의 경전인 리그베다*에 기록된 대로 "진리는
하나인데 현자들이 여러 이름으로 부를 뿐"(리그베다 1.164.46)이라

---

* **리그베다** 고대 인도의 브라만교 성전(聖典)인 네 가지 베다 가운데 하나. 신을 찬미하
는 운문형식의 찬가 모음집이다. 인도에서 현존하는 가장 오래된 종교문헌이자 인도 사
상의 원천이다.

그러나 적정 속에서 명상을 실천하고
탁발 고행을 행하는 이들은 지극한 지혜를 얻으리니
탐·진·치(貪·瞋·癡)의 모든 더러움에 물들지 않고
해탈의 길을 통하여 불멸, 실유, 불변의 아트만을 얻으리라.

문다카 우파니샤드 1.2.7-11 (힌두교)

고 여기기 때문이다.

여러 종류의 힌두교 신앙에서 공통되면서도 핵심적인 사항인 그 궁극적 실재는 그것과 일체를 이루었던 현자들에 의해 실현된다. 힌두교에는 세 주요한 신이 있다. 그것은 우주를 창조한 브라흐마*, 우주를 유지하는 비슈누*, 우주를 파괴하는 쉬바*를 이른다. 그리고 이 세상에 존재하는 것은 일시적인 것이라고 보고, 업

---

* **브라흐마** 우주의 창조, 유지, 해체의 기능을 담당하는 세 신 곧 브라흐마, 비슈누, 쉬바로 구성되는 힌두 삼위일체신론에서 브라흐마는 창조의 역할을 담당하는 신이다.
* **비슈누** '만물에 스며들다'라는 어원이 있으며 우주의 질서와 인류를 보호하는 최고신으로 숭앙받는다. 시바파와 함께 힌두교의 양대 종파인 비슈누파의 수많은 신자로부터 유일신으로 숭배된다. 여러 경전에 보면 천 가지의 이름이 있다.
* **쉬바** 힌두교 파괴의 신이다. 불교에 수용된 뒤에는 대천세계를 주신한다 해서 '대자재천(大自在天)'이라는 이름을 얻었다.

비유하건대

마치 독사가 우글거리는 호수에 사는 물고기처럼

사악한 자들의 무리 가운데 거하는 자는

그가 비록 경건하고 고결하다 할지라도

그들의 악행으로 그 또한 더불어 고통을 겪느니라.

라마야나. 아란야 칸다 38 (힌두교)

보와 윤회 사상을 믿는다. 또한 불살생의 가르침도 있다. 이 중에서 우리에게 많이 알려진 업보와 윤회 사상은 힌두교의 중요한 가르침이다. 힌두교인은 누구나 자신의 생각과 말, 그리고 행위의 결과를 내세에 가서 받게 된다고 믿는다.

그 믿음에 따르면, 이 세상에는 우주적 정의의 법칙이 작용한다. 각자의 선하거나 악한 언행은 자신의 영혼에 연결되어 있어 내세의 운명에 좋거나 나쁜 영향을 준다. 그러므로 우리가 내세에 좋은 운명을 타고날 수 있기 위해서는 현세에 선한 행위를 통해 선한 업보를 쌓아야 한다. 이것이 업(業)의 교리이다. 우리의 영혼은 업보의 지배를 받기 때문에 현세에서 삶을 다하면 다음 세상에 다시 태어나고, 그 세상에서 죽은 후 또 다시 태어나는 과정을 반복한다. 이것을 윤회라고 한다.

사람이 업보와 윤회의 사슬을 벗어나는 것을 해탈이라고 한다. 해탈이란 상대적인 이 세상의 속박을 벗어나 절대적인 경지에 도달하는 것을 말한다. 사람을 해탈로 이끄는 길은 지성과 지혜를 추구하는 지식의 길, 신에게 자신을 바치고 순종하는 신애의 길, 이웃과 사회를 위해 봉사하는 행위의 길 등이 있는데 교파에 따라 이들 중의 어느 것을 더 비중 있게 다루기도 한다. 우리 문화 속의 힌두교 요소는 업과 윤회사상, 요가와 명상 등이 있다.

하나님은 사랑과 진리를 인간들에게 전해서 인간을
구제하려고 종교를 세웠습니다. 일정한 때와 지역에 따라서
여러 가지 종교를 세웠습니다. 역사를 돌이켜 볼 때,
사실 유교, 불교, 기독교, 이슬람교 등은 각각 일정한 시대와
일정한 지역에서 사회적 불안과 혼란을 일소하고 평화와
안전의 터 위에 찬란한 문화를 꽃피게 하였던 것입니다.

평화경 751p (세계평화통일가정연합)

다양한 종교를 인정하고 대화해야

이웃 종교를 이해하고 종교 간에 대화하기 위해서는 무엇보다
도 이웃 종교 자체를 인정하는 열린 마음이 필요하다. 종교의 다
양성을 솔직하게 인정하는 데서 종교 간의 대화는 시작될 수 있
다. 세계에는 여러 종교가 있으며, 종교마다 고유한 신앙과 독특
한 전통을 지니고 있다. 물론 어떤 종교가 지니는 독특한 전통이
바로 그 종교만이 참된 것이라는 의미는 아니다. 모든 종교는 제
나름의 진리를 지닐 수 있다. 따라서 어떤 하나의 종교를 참되다
거나 거짓되다고 쉽게 단정해버리는 것은 종교를 제대로 알지 못
하는 경솔한 행동이다.

우리가 종교 간의 대화를 통하여 얻으려는 것은 무엇인가? 상호 이해를 북돋우고, 나아가서는 자기의 종교적인 믿음을 더욱 견고하고 풍요롭게 만들자는 것이다. 단지 자기가 믿는 종교가 우월하다는 것을 드러내 보이기 위하여, 혹은 자기 자신의 종교만을 참된 종교로 받아들이기 위하여 다른 종교를 알아보려 하는 것은 아무런 의미도 없다. 이것은 결국 많은 다른 종교들을 거짓으로 단정하고 나쁜 종교로 내몰아버리는 결과를 가져오고 말 것이다.

역사적으로 보면, 다른 종교를 통하여 자신의 믿음을 더욱 견고하고 깊게 지켜온 훌륭한 사람들이 많았다. 예컨대 조선의 유학자 이율곡은 불교의 이해를 통하여 유학의 깊고 오묘한 이치

세계가 필요로 하는 종교는 어떠한 종교냐?
보다 평화를 제시할 수 있는 종교입니다.
그러한 종교가 되는 것은
자기 중심삼은 소유욕이 아니라 자기를 희생시켜야 합니다.

말씀선집 172-143 (세계평화통일가정연합)

를 알 수 있었다. 또한 인도의 성자 간디는 기독교나 여타의 종교를 통하여 힌두교 신앙을 폭넓게 만들 수 있었다. 이들은 다른 종교에 대하여 열린 마음을 지니고 있었으며, 훌륭한 가르침이라면 다른 종교 전통에 속한 것이라도 과감하게 받아들여 포용할 줄 아는 용기 있는 종교인들이었다.

왜 사는가

사랑이 없다면 과연 어떤 종교가 가능하겠는가?
그대는 살아 있는 모든 존재에게 사랑을 보여줄 필요가 있다.
사랑은 모든 신앙의 뿌리이다.

바사반나 바차나 247 (힌두교)

사랑이란

표현은 다소 다르지만, 모든 종교에서는 사랑을 강조한다. 예수 그리스도는 "원수를 사랑하라."고 가르쳤으며, 성서에서는 '믿음, 소망, 사랑, 이 세 가지는 항상 있을 것인데, 그 가운데서 으뜸은 사랑'이라고 강조했다. 모든 존재의 상호의존을 가르치는 불교에서 최고의 윤리 덕목은 자비이다. 이기심과 반대된다는 점에서 자비와 사랑은 다르지 않다. '상대를 위하여 주고, 또 주고 잊어버리는 것'이 참사랑인 것처럼 아무런 대가도 바라지 않고 널리 베푸는 것이 자비의 핵심이다.

자기중심적인 욕망을 추구하는 사람은 참사랑을 실현할 수 없

신의 사랑에 빠진 자는
만유를 사랑한다.

아디 그란트, 와단스 557p (시크교)

으며, 개별적인 나를 넘어서 세계적인 나, 우주적인 나로 성장할 수 없다. 자기중심적인 사람은 우주의 중심이 될 수 없으며, 개별적인 나에서 우주적인 나로 확산될 수 없다. 자기중심적인 욕망이 줄어들 때 우주적인 중심에 가까이 다가갈 수 있는 것이다. 이것은 우리가 수학시간에 배운 X좌표와 Y좌표가 만나는 중심이 영(0)이라는 것을 생각해보면 쉽게 알 수 있다.

X축에도 값을 가지지 않고 Y축에도 값을 가지지 않는 지점이 바로 중심이며, 중심은 영(0)으로 표현된다. 놀랍게도 영(0)에 가까워질수록 중심에 가까워지며, 중심은 아무런 값도 지니지 않지만 모든 곳과 연결된다.

'나의 것'이라는 생각이 점점 줄어들수록, 나는 또한 다른 사람들과 더불어 사는 존재라는 자각이 점점 자라난다. 타아적인 삶은 개별적인 작은 '나'가 우주적인 '나'로 완성해가는 과정이다.

마침내 개별적인 나와 우주적인 나가 같아질 때, 비로소 하나님의 사랑을 중심삼은 '전체가 하나 된 나'라는 타아주의의 이상이 실현된다.

비유하여 수명을 다한 낙엽이 땅 위로 떨어지듯
사람의 삶도 또한 그러하리니, 고타마여, 늘 삼갈지니라!
풀잎 끝에 매달린 이슬방울이 다만 한순간에 사라져버리듯
사람의 삶도 또한 그러하나니, 고타마여, 늘 삼갈지니라!
인생은 흐르는 물과도 같이 또는 시위를 떠난 화살과도 같이
순식간에 흘러가며 현존은 불확실하나니

행복을 쫓는 욕망

인간은 누구나 행복해지기를 원한다. 행복을 바라고 만족을
기대하는 마음은 우리의 모든 활동에 잠재되어 있다. 인류의 역
사는 행복을 추구해온 역사라고 해도 틀린 말이 아니다. 그러나
이상하게도 우리는 늘 행복을 추구하지만, 행복은 우리에게서 오
히려 멀어지는 것처럼 여겨진다. "나비를 쫓아 가면, 나비가 날아
가 버린다."는 말이 있는 것처럼 행복은 쫓아 가면, 오히려 더 멀
리 달아나버리는 것처럼 보인다.

우리 모두가 바라는 행복의 진정한 원천은 무엇인가? 행복을
얻기 위해서 무엇을 어떻게 해야 하는가? 대개 욕망이 충족될 때

그대가 지은 온갖 죄악들을 서둘러 씻어 버리라.
오 고타마여, 늘 삼가할지니라!
한량없이 시간 속에 사람의 몸 받기 어려우며
이 몸으로 지은 업보를 없애기란 또한 어렵고 어렵도다.
오 고타마여! 늘 삼갈지니라!

웃타라드야야나 수트라 10.1-4 (자이나교)

행복감을 느낀다. 배가 고플 때, 좋아하는 음식을 먹으면 욕구가
충족되고 행복해진다. 보고 싶은 친구가 있다면, 그 친구를 만날
때 행복해진다. 이와 같이 행복은 욕망이 충족될 때 우리에게 자
연스럽게 나타나는 경험이기도 한다.

그러면 과연 모든 욕망이 충족되면 우리는 진정 행복해질까?
행복은 분명히 욕망과 관련을 지니지만, 욕망의 충족 정도가 항
상 행복의 정도와 비례하는 것은 아니다. 또한 사람의 욕망은 무
한하기 때문에, 욕망은 충족될수록 점점 더 커지는 성질을 지니
기 때문에, 우리의 욕망이 완전히 충족되는 것은 불가능하다. 따
라서 욕망의 충족을 통하여 행복을 추구하는 것은 어리석은 일이
다. 이것은 마치 나비를 쫓으면 달아나버리지만, 다른 일에 집중

대부분의 사람들이 사로잡혀 있는 '나는 원한다'는 욕망과
'나는 가질 것이다'라는 욕망을 버려라!
만일 이들을 여윈다면 그대는 자신을 안내하는
바른 눈을 갖추어 이 고통의 세계에서 벗어날 수 있다.

숫타니파타 706 (불교)

하면 어깨 위에 나비가 앉을 수도 있는 것과 같다.

사람은 흔히 '사회적 동물'이라고 말한다. 이 말은 사람이 혼자
살 수 없고, 서로 관계를 맺으며 사는 존재라는 뜻이다. 사람이
함께 산다는 것은 단순히 같은 공간에 있음을 의미하지 않는다.
사람이 같이 살면서도 서로 미워하고 싸우며 산다면 더불어 사는
삶이 아니다.

종교 개혁자 루터*가 남긴 비망록에는 이와 관련한 흥미로운

---

* **마르틴 루터**(1483~1546) 독일의 종교개혁가이다. 아우구스티노회 수사였던 루터는 로
마 카톨릭교회의 부패와 면죄부 판매에 대해 비판하고 믿음을 통하여 의롭다함을 얻는
다는 이신칭의(以信稱義)를 주장하였다. 칭의를 통한 개인 구원의 새 시대를 열었다. 그
의 종교개혁은 당시 종교와 사회에 큰 영향을 주었다.

이야기가 나온다.

태어날 때부터 몸이 붙은 두 마리의 닭이 있었다. 한 마리는 몸집이 크고 힘이 세며, 다른 한 마리는 몸집이 작고 연약하였다. 몸이 큰 닭은 작은 닭을 무시하고 제멋대로 끌고 다니며 먹을 것을 독차지하였다. 작은 닭은 속이 상해서 독약이 묻은 모이를 쪼아 먹고 죽어버렸다. 몸이 붙어있는 까닭에 결국에는 큰 닭도 독이 퍼져서 죽고 말았다.

사람이 자기 이익과 욕망만을 위해서 살게 되면 다른 사람과 다투게 된다. 재물과 권력을 가지고 좋은 집에 산다고 잘 살고 행복한 것이 아니다. 물건에 사용법이 있듯이 사람이 살아가는 데에도 올바른 법도가 있다. 흔히 우리는 '사람답게' 살아야 한다는 말을 듣는다. 사람답게 사는 사람은 사람으로서의 법도를 잘 따르는 사람이다. 사는 법을 어기는 사람은 결코 사람답게 잘 살 수 없다.

몸을 마차로, 참된 자아를 마차의 주인으로 알아라.

지성을 마부로, 그리고 마음을 고삐로 알아라.

지혜로운 이들은 감각기관들을 말들이라고 한다.

대상들을 말들이 달리는 길들이라고, 참된 자아와

감각기관과 마음이 결합한 것을 즐기는 자라고 말한다.

카타 우파니샤드[*] 1.3–4 (힌두교)

욕망과 양심

힌두교에서는 사람이 인생의 목적지까지 도착하는 노정을 마차를 타고 가는 여행으로 비유한다. 인생이라는 길 위에서 마차는 우리의 몸과 같으며, 마차 안에 앉아 있는 마차의 주인은 우리의 참된 자아이다. 마차를 몰고 가는 마부는 지성에 비유되며, 마부가 잡고 있는 고삐는 마음이다. 마차를 끌고 가는 말은 감각기관이며, 감각기관은 욕망의 문이다. 그리고 마차가 달리는 길은

---

* **우파니샤드** 힌두교의 이론적, 사상적 토대를 이루는 철학적 문헌들의 집성체이다. 모든 우파니샤드는 구전으로 전수되어 내려왔으며, 약 200편 이상의 문헌이 우파니샤드에 속한 것으로 알려져 있다.

감각기관이 닿는 대상이다.

마차를 타고 목적지를 향해가는 길에서 말은 우리의 욕망과 직접 관련된다. 위의 비유에서 말은 곧 우리의 삶에서 욕망과 같다. 말은 마차가 달릴 수 있는 원동력을 제공한다. 만일 말이 없다면 마차는 아예 움직일 수조차도 없다.

우리의 삶에서 욕망도 이와 같다. 욕망은 사람이 살아가는데 필요한 에너지와 같은 것이다. 만일 욕망이 없다면 몸을 지탱하기도 어려울 뿐만 아니라 삶에서 중요한 가치를 실현할 수 있는 가능성도 없다.

힌두교 전통에서 욕망은 인생의 네 가지 목적* 중 하나로 간주
된다. 욕망은 그 자체로 악도 아니고 선도 아니며, 다만 고삐 풀
린 말처럼 위험한 것일 뿐이다. 전기나 원자력 같은 에너지가 그
런 것처럼 욕망은 사용하는 사람의 의도에 따라서 삶의 중요한
가치를 실현하는 밑거름이 될 수도 있는가 하면, 오히려 자신이
나 다른 사람을 해칠 수 있는 위험한 무기가 될 수도 있다.

마부가 말을 잘못 다스리면 마차가 길을 벗어나서 낭떠러지
에 떨어질 수 있는 것처럼 제어되지 않은 욕망은 우리를 불행으

---

* **힌두교에서 인생의 네 가지 목적** 힌두교인들은 태어나서 죽을 때까지 네 가지 목적을
이루고자 한다. 그 네 가지는 경제적인 자립과 풍요, 욕망, 의무, 해탈이다.

공자께서 말씀하셨다.

"군자가 경계해야 할 일이 세 가지 있다.

소년기에는 혈기가 안정되지 않았으므로 색을 경계해야 하며

장년기에는 혈기가 굳세므로 싸움을 경계해야 하며

노년기에는 혈기가 쇠진해지니까 탐욕을 경계해야 한다."

논어 16.7 (유교)

로 이끈다. 욕망과 불행은 동전의 양면과 같다. 어떤 욕망이 일어나서 그것이 충족될 때 일시적인 행복감을 느끼지만, 그 욕망이 좌절되면 즉시 분노가 일어나고 분노는 고통으로 이어진다. 또한 욕망이 좌절될 때 분노와 고통이 일어나는 것처럼 이기적 욕망의 충족에서 오는 일시적인 행복감은 쉽게 집착을 부른다. 따라서 마부가 고삐로 말을 잘 다루어야 하는 것처럼 지성과 마음으로 욕망을 제어할 때, 욕망은 긍정적이고 창조적인 방향으로 우리를 데려갈 수 있다.

욕망은 채우자고 한다고 해서 완전히 채워지는 것도 아니다. 왜냐하면 채우면 채울수록 점점 더 커지는 것이 욕망이기 때문이다. 그러면 우리는 어떻게 욕망을 다룰 것인가? 욕망을 긍정적이

고 창조적인 에너지로 바꾸어야 한다. 욕망은 우리를 쾌락과 파멸로 몰고 갈 수도 있지만, 또한 예술적인 창조와 영적인 고양을 가능하게 하는 에너지가 될 수도 있다. 그러나 흔히 욕망은 파괴적인 에너지로 변하기 쉬우며, 영적 상승을 위한 에너지로 바꾸기 위해서는 확고한 마음가짐과 부단한 노력이 필요하다.

우리가 욕망을 영적 상승을 위한 에너지로 바꾸는 노력에서 양심은 중요한 버팀목이 된다. 양심은 옳고 그름을 판단하게 해주는 내면의 분별력이다. 그것은 구체적인 상황에서 옳은 결정을 내리도록 안내해주는 내면의 목소리이다.

양심은 일종의 '힘'이다. 잘못된 방향인 줄 알면서도 하고 싶다는 욕망을 느낄 때, 대개 양심은 우리를 멈추게 한다. 그럼에도

양심이 지향하는 반대 방향으로 욕망이 흐르게 되면, 죄책감을
느끼게 된다. 우리는 양심이라는 내면의 목소리에 귀를 기울이
고, 그 힘을 토대로 욕망을 바른 방향으로 이끌어가야 한다.

사람은 스스로 이 세상에서 지은 업이 무엇인가에 따라서
자신을 만들어 간다.
그가 이생을 떠날 때 바로 그와 같이 되리라.

샹카라, 베단타 수트라[*] 1.2.1 (인도 철학)

육신과 영인체[*]

'건강한 육체 속에 깃드는 건상한 정신'이란 표어는 육신과 영
인체의 관계를 잘 설명해 주고 있다. 정신은 사람의 영인체에서
풍겨 나오는 인격적 요소라고 할 수 있다. 따라서 육신이 건강해
야 영인체도 건강하게 자랄 수 있고, 역으로 영인체가 밝고 건강

---

* **베단타 수트라** 아란야카와 우파니샤드의 철학적·신비적·밀교적 가르침을 연구하는 힌
두교 철학학파인 베단타 학파의 경전으로 극단적으로 간결하기 때문에 주석이 없이는
이해하기가 힘들다.

* **영인체(靈人體)** 인간의 육신의 주체로 창조된 것으로서 영감(靈感)으로만 감득되며, 하
나님과 직접 통할 수 있고, 또 천사나 무형세계를 주관할 수 있는 무형실체(無形實體)로
서의 실존체인 것이다. 영인체는 그의 육신과 동일한 모습으로 되어 있으며, 육신을 벗
은 후에는 무형세계(영계)에 가서 영원히 생존한다.

육신의 선행과 악행에 따라서 영인체도 선화 혹은 악화한다.
이것은 육신으로부터
영인체에게 어떠한 요소를 돌려주기 때문이다.

원리강론[*] 1.3.1 (세계평화통일가정연합)

하면 육신도 건강해진다. 영인체가 '건강하다'는 말은 인간이 선하고 아름다운 품성을 지니고 있다는 뜻이다.

육신과 영인체의 관계는 나무와 열매의 관계와 같다. 여기서 우리가 알아야 할 중요한 사실은 육신 생활이 영인체에 기록된다는 점이다. 인간의 마음이 자신의 모든 삶의 내용을 알고 있는 것처럼 인간이 살아온 과정은 없어지는 것이 아니라 그 사람의 마음속에 기억으로 남는 것이다.

---

* **원리강론** 세계평화통일가정연합의 핵심 경전으로 문선명 선생의 사상적 교리를 체계적으로 정리하였다. 총 556페이지이며, 전편 7장, 후편 6장으로 구성되어 있다. 전편은 창조원리·타락론·종말론·구주론·부활론·예정론·기독론이며, 후편은 제1~5장까지의 복귀원리와 제6장의 재림론으로 되어 있다.

인간은 이 지상의 세계에서 의식주의 생리적 욕구와 더불어 하나님의 뜻에 따른 진선미의 가치를 실현함으로써 영인체의 완성을 실현해 나간다. 그런 삶을 살고 육신의 죽음을 맞이하면 지상생활의 결실로 완성된 영인체를 이루어 무형실체 세계, 즉 영계에서 하나님을 모시고 영생하며 평화와 행복을 누리게 된다.

르네상스 시대, 이탈리아의 조각가이자 건축가였던 미켈란젤로*의 유명한 일화가 있다. 그가 로마에 있는 시스티나 성당의 대형 천장화를 그릴 때 친구가 찾아왔다. 그 친구는 높은 받침대 위

---

* **미켈란젤로 부오나로티**(1475~1564) 이탈리아의 조각가·건축가. 르네상스 회화, 조각, 건축에서 뛰어난 업적을 남겼다. 산 피에트로 대성당의 '피에타''다비드', 시스티나 대성당의 천장화 등이 대표작이다.

에서 고개를 쳐든 불편한 자세로 천장의 구석구석까지 정성을 다해서 그리는 미켈란젤로를 향해서 "여보게 친구, 잘 보이지도 않는 구석까지 그린다고 누가 알아주는가?"라고 물었다. 그러자 미켈란젤로는 "바로 내 자신이 안다네."라고 대답했다고 한다.

올바른 인격자는 누가 알아주고 칭찬해 주는 것보다 자기 자신이 떳떳하게 살아가는 것을 더 중요하게 생각하는 사람이다. 양심에 의해서 스스로 판정을 받는 것처럼, 사람이 살아온 삶의 과정은 시간이 지나면 없어지는 것이 아니라 그 사람의 결실체인 영인체에 기록되는 것이다. 그렇기 때문에 선하고 아름다운 영인체가 되려면, 육신을 쓰고 사는 삶이 선하고 올바르지 않으면 안 된다.

하나님은 지상에서 해악을 구하지 않고 타락하지 않은 자를 위해
내세의 안식처를 마련하셨도다. 축복받은 종말은
악함을 멀리하는 자들을 위해 있느니라.
선행을 실천하는 자, 그들은 그 이상으로 보답을 받게 되며
악행을 행하는 자는 단지 그들이 행한 것으로 징벌을 받으리라.

꾸란 28,83-4 (이슬람교)

이기적으로 자신의 욕망만을 추구하며 타인의 삶을 돌보지
않는 현대인은 인격의 모순 속에서 갈등하며 살아갈 수밖에 없
게 된다. 이기적인 욕망을 좇아 영인체를 병들게 한 현대인들은
지상지옥을 만들었고, 죽음 이후에도 천상지옥에서 살아가게
된다. 이처럼 종교에서는 인간이 지상에서 육신을 쓰고 사는 동
안 이기적인 욕망을 좇아 살았는가, 아니면 양심에 따라 올바른
뜻을 중심하고 살았는가에 따라 지옥과 천국이 결정된다고 말
하고 있다.

오직 위하여 사는 삶, 주고 또 줄 수 있는 베푸는 삶, 참사랑의
실천적인 삶을 통해서만 지상생활을 통해 영인체를 성장시킬 수
있다. 그런 삶을 사는 사람들이 지상의 세계를 선한 세계, 지상·

천상천국으로 변화시킬 수 있다. 그렇기 때문에 종교 경전들은 현재의 삶이 영계에 입성할 때 심판받게 된다는 사실을 강조하고 있다.

양심! 너 신성하고 영원한 하늘의 목소리여.
너 무지하고 유한한, 하지만 이성을 가진
자유를 부여받은 존재자들의 유일하고 올바른 지도자여.
너, 선에 대한 올바른 재판관이여, 너만이 인간을
신과 비슷한 존재로 만들 수 있는 것이다. 인간 본성의
탁월성과 그 행위의 도덕성은 모두 네게서 생겨난다.

양심의 소리

인간은 양심적인 존재이다. 모든 인간은 태어날 때부터 선하고 아름답고, 올바른 것을 지향하는 양심을 가지고 있다. 하나님은 창조본연의 세계의 이상에 따라 절대 선의 가치를 제정하였으며, 인간은 양심으로 이를 감지할 수 있다. 양심을 갈고 닦아 도덕적 명령에 따를 때, 인간은 참다운 행복을 실현할 수 있다. 스스로 남이 보지 않더라도 나쁜 행동을 하지 않고, 양심에 따라 선을 실천하는 삶을 살아가게 된다.

인간이 양심적 존재라는 사실은 많은 철학자들의 통찰 속에서도 잘 드러난다. 철학자들 사이에는 양심에 대한 광범위한 합

네가 없다면 내게는
질서 없는 판단과 지침 없는 이성으로 인해
여러 가지 착오에 빠지는 슬픈 특성 외에
나를 동물보다 숭고한 것으로 만들어 주는
그 무엇도 존재하지 않게 된다.

장 자크 루소*

의가 존재한다. 아리스토텔레스*의 철학을 기반으로 중세 스콜라 신학을 완성한 토마스 아퀴나스*는 모든 악에 저항하며 선을 부추기는 원리를 양심이라고 말한다. 양심은 생득적이며 자연적 습성이다. 예를 들어, 사유하는 능력, 아름다움을 추구하는 습성,

---

* **장 자크 루소(1712~1778)** 스위스 제네바에서 태어난 프랑스의 사회계약론자이자 직접민주주의자, 공화주의자, 계몽주의 철학자이다.
* **아리스토텔레스(B.C. 384~B.C. 322년)** 고대 그리스의 철학자로, 플라톤의 제자이며, 알렉산더 대왕의 스승이다. 물리학, 형이상학, 시, 생물학, 동물학, 논리학, 수사학, 정치, 윤리학, 도덕 등 다양한 주제로 책을 저술하였다. 소크라테스, 플라톤과 함께 고대 그리스의 가장 영향력 있는 학자였으며, 그리스 철학이 현재의 서양 철학의 근본을 이루는 데에 이바지하였다.
* **토마스 아퀴나스(1224/25?~1274)** 기독교의 저명한 신학자이자 스콜라 철학자이다. 또한 자연신학의 으뜸가는 선구자이며 로마 가톨릭 교회에서 오랫동안 주요 철학적 전통으로 자리잡고 있는 토마스 학파의 아버지이기도 하다.

양심이야말로
스스로 돌아보아 부끄럽지 않다는 자각을 갑옷삼아
아무것도 두렵게 하지 않는 좋은 친구이다.

단테*

선한 것을 갈망하는 것 등이다. 양심은 구체적인 도덕적 법칙을 이끌어 내는 최초의 근거, 즉 제일 원리가 된다.

한편 이마누엘 칸트는 양심의 핵심을 실천이성에 근거한 '정언명령(定言命令)'으로 정의했다. 정언명령이 곧 양심이다. 우리의 양심은 우리들의 실생활에서 정언명령의 의무로 다가온다. 칸트는 이 양심의 명령을 "너의 준칙이 보편적 법칙과 일치하도록 행위하라."는 의무의 윤리로 설명한다. 인간의 행위는 누가 감시하건 말건 양심이라는 재판관 앞에서 항상 보편적 법칙이 되도록 행동

---

* **단테(1265~1321)** 두란테 델리 알리기에리는 두란테의 약칭인 단테로 널리 알려진 이탈리아의 시인이다. '신곡'과 '향연''토착어에 대하여'등이 그의 대표작이다.

하여야 한다는 것이다. 인간의 도덕적 정수는 필연적으로 이성적
일 수밖에 없다.

지혜를 갖는 목적은
참회하고 선행을 행하기 위함이다.

탈무드,* 베라코트 17 (유대교)

양심의 덕목
지혜

사람은 몸과 마음으로 되어 있다. 마음이 가는 곳에 몸이 가고, 마음이 움직여야 몸도 따라 움직인다. 마음에는 착한 마음과 나쁜 마음이 있다. 착한 마음은 선행을 하게 하고 나쁜 마음은 악행을 하게 한다. 한 사람 안에 있는 이 두 마음은 대개 서로 반대되는 방향으로 가려고 싸운다. 이때 이 둘 중에서 바른 행동과 그릇

---

* **탈무드** 모세가 전하였다는 또 다른 율법으로 구전하는 율법을 담은 문서집인 미슈나와 게마라를 병칭하는 용어로서 전 6부 63편으로 구성되었다.

된 행동을 분별하는 현명함 또는 슬기로움이 지혜이다.

이와 같이 지혜는 우리에게 일이나 행동의 도리를 알게 하는 덕목이며, 지혜의 뿌리는 양심이다. 따라서 양심에 따른 도덕적인 삶의 실천을 위해서는 지혜의 함양이 필요하다. 사람이라면 누구에게나 양심이 있는 것처럼 모든 사람에게는 지혜를 함양하는 힘이 있다. 그러면 왜 어떤 사람은 지혜로운 반면에 또 어떤 사람은 어리석은가? 왜 나는 어떤 경우에는 지혜롭게 행동하지만, 또 어떤 경우에는 어리석은 행동을 하는가? 양심의 소리에 귀를 기울이지 않기 때문이다. 양심은 우리가 무엇이 옳은지를 알게 하는 힘이지만, 그 힘의 크기는 사람마다 다르다. 우리가 양심에 따라 옳은 행동을 할 때, 양심의 힘은 점점 더 강해진다.

양심과 지혜는 닭과 계란의 관계와 같다. 양심은 지혜를 낳고, 지혜는 더 큰 양심의 힘을 낳는다. 양심의 힘을 키울 수 있는 가장 중요한 순간은 그릇된 행위를 하고나서 양심의 가책을 느낄 때, 자신의 그릇된 행위에 대하여 반성하고 참회할 때, 우리는 양심의 힘을 키울 수 있다. 자신의 마음속 깊은 곳에서 일어나는 양심의 가책을 무시할 때, 그릇된 행위를 하고도 반성이나 참회가 없다면, 양심은 점점 힘을 잃게 되고 우리는 점점 더 어리석은 사람이 된다.

사람은 솔직해야 합니다. 솔직한 것은 세상 어느 곳에서나
통합니다. 자기가 잘못했다면, 잘못했다고 솔직하게
말할 때는 발전합니다. 선(善)도 그 과정을 거치지 않고는
발전할 수 없습니다. 사람이 언제나 잘 할 수 있습니까?
사람은 잘못할 수 있기 때문에 그렇게 해야
발전할 수 있는 것입니다.

양심의 덕목

정직

정직은 일상생활 속에서 자기 자신에게 그리고 다른 사람들에게 솔직한 것을 말한다. 솔직하지 못한 행동을 할 때 우리는 부끄럽고 떳떳하지 못함을 느끼며, 이것은 양심에 따른 행동이 아니라는 것을 의미한다. 정직은 단순히 다른 사람에게 거짓말을 하지 않는 것으로 끝나지 않는다. 정직의 출발점은 자기 자신에 대한 솔직함이며, 이것은 자신의 내면에서 우러나는 양심의 소리에 솔직한 것을 뜻한다. 양심의 소리에 솔직할 때 우리는 옳은 일과 옳지 않은 일을 분별하는 힘이 생긴다. 설사 실수로 옳지 않은

내가 잘못했다 할지라도 거기서 솔직히 고백하고
후회함으로써 새로운 결심을 할 수 있습니다.
잘못한 것이 나쁜 게 아닙니다.
잘못했으면 이로 인한 새로운 자극을 받아 가지고
도약할 수 있습니다. 자극을 받아서
선하게 비약할 수 있다면, 잘못하는 것도 좋습니다.

어떤 잘못을 저질렀다고 해도 이로 인한 양심의 가책을 솔직하게
받아들이면, 우리는 오히려 양심의 힘을 키우고 발전할 수 있다.

　우리가 인격완성의 길로 나아가는 길에서 핵심은 양심의 소리
에 따른 삶이라고 할 수 있다. 그러나 그릇된 행동을 했을 때 우
리에게 일어나는 양심의 가책을 잘 알아차리고 그것을 솔직하게
받아들이는 것도 매우 중요하다. 왜냐하면 대개 우리는 양심의
가책을 느끼는 순간에 양심의 존재를 좀 더 잘 알아차릴 수 있기
때문이다.

　이것은 마치 건강한 사람은 건강의 중요성을 잘 느끼지 못하
지만 병에 걸린 사람이 오히려 건강의 중요성과 의미를 더욱 분
명하게 느끼는 것과 같다. 이와 같이 우리는 양심의 가책을 느낄

공부를 못해서 낙제를 했다 해도, 한 번 낙제함으로써
그것을 계기로 우등생이 될 수도 있다는 것입니다.
동양이나, 서양이나, 과거나 현재나 미래를 막론하고
솔직한 사람은 모든 이의 친구가 될 수 있습니다.

말씀선집 100-87 (세계평화통일가정연합)

때 양심의 의미와 중요성을 보다 분명하게 느끼고 이해할 수 있
으며, 이를 바탕으로 양심의 힘을 키울 수 있다. 누구나 실수를
하거나 어리석은 판단을 하고 잘못을 저지를 수 있다. 그때 양심
의 가책을 느끼는 자신을 솔직하게 인정하고 돌이켜 정직의 덕목
을 키워나가면 양심의 힘을 키워나갈 수 있으며, 오히려 큰 인격
적 성숙의 기회가 될 수 있다.

참된 행복은
절제에서 솟아난다.

괴테[*]

양심의 덕목
절제

'법구경'[*]에 "어떤 이가 싸움터에서 백만 적군을 이긴다 해도 자기 자신을 이기는 자가 더 뛰어난 승리자이다."라는 말이 있는 것처럼 인격완성을 향한 길에서 육체적인 욕망을 절제하고 극복

---

* **괴테(1749~1832)** 요한 볼프강 폰 괴테는 독일의 작가이자 철학자, 과학자이다. 바이마르 대공국에서 재상직을 지내기도 하였다. 궁정극장의 감독으로서 경영·연출·배우 교육 등 전반에 걸쳐 활약했다. 1806년에 '파우스트' 제1부를 완성했고 별세 1년전인 1831년에는 제2부를 완성했으며, 연극을 세계적 수준에 올려놓았다.

* **법구경** 서기 원년 전후의 인물인 인도의 다르마트라타, 법구(法救)가 편찬한 불교의 경전으로 석가모니 사후 300년 후에 여러 경로를 거쳐 기록된 부처의 말씀을 묶어 만들었다고 한다.

어떤 사람이 사리분별이 모자라서 자기의 마음이
제어되지 못할 때, 그의 감관들은 마치 마부가 다루기 어려운
길들여지지 않은 말들과 같아서 제어할 수 없게 된다.
그러나 분별력을 지녀서 마음이 스스로 제어될 때는 마치
잘 길들여진 말들처럼 그의 감관들도 고삐에 잘 순종하게 된다.

카타 우파니샤드 1.3.3-6 (힌두교)

하는 것은 매우 중요하다. 절제는 도덕적인 삶의 실천에서 출발
점이며 토대라고 할 수 있다. 우리 마음속에는 감각적인 유혹, 이
성에 대한 성적인 욕망, 분노, 물질적인 탐욕이 끊임없이 일어나
기 마련이다. 이때 만일 지혜롭지 못하여 옳고 그름을 분별하지
못하고 양심의 소리에 정직하지 못하면 우리는 자아실현과는 반
대방향으로 끌려갈 수밖에 없다. 이것은 마치 고삐 풀린 말들이
마차를 목적지가 아니라 엉뚱한 곳으로 끌고 가는 것과 같다. 자
아실현의 삶을 실천하기 위해서는 무엇보다도 자제력을 함양할
필요가 있다.

하나님은 사랑이기 때문에
사랑의 본바탕인 심정을 중심삼고
거기서 솟아나는 인격을 중심삼아 나아가야 합니다.

말씀선집 84-123 (세계평화통일가정연합)

심정과 효정

이 세상에 부모 없이 태어나는 사람은 없다. 설사 어떤 이유로 부모가 누구인지 모르는 사람이 있다 할지라도, 그 또한 부모를 통하여 이 세상에 태어났다. 부모는 또한 조부모로부터 태어났다. 이와 같이 거슬러 올라갈 때, 최초의 부모는 인간을 창조하신 하나님이다. 부모로서의 하나님은 사랑의 대상으로 인간을 자녀로 창조했으며, 자녀로서의 인간에 대한 하나님의 '부모사랑'을 '심정'이라고 한다.

한 없이 사랑하려는 '심정'을 가지신 하나님은 모든 사람에게 있는 양심의 원천이다. 옳고 선한 것을 지향하는 양심은 하나님

그것이 옳든 그르든
자체로 악한 것이든 도덕적 방종이든 간에
양심에 대한 심판은 반드시 필요하다.
그런 면에서 양심에 반하는 자는 언제나 죄짓는 자이다.

성 토마스 아퀴나스* (기독교)

을 닮은 것이다. 하나님의 심정(心情)에 대한 인간의 설 자리가 효
정(孝情)이라 할 수 있다. 효정이란 개념은 심정과 효라는 하나님
과 인간의 종적 관계의 정이 관련되어 있고, 인간과 인간관계의
효와 정의 횡적 개념이 모두 포함되어 있다. 하나님과 인간의 부
자관계의 수직관계, 그리고 인간과 인간의 형제관계의 수평 개념
을 아우를 수 있는 중심에 효정의 개념이 있다.

하나님은 양심을 통하여 우리로 하여금 선하고 올바른 삶의
방향으로 나아갈 수 있도록 보살피며 인도한다. 부모나 스승처

---

* **성 토마스 아퀴나스(1596–1675)** 이탈리아에서 태어난 그는 논리와 이성으로 신을 증명
할 수 있다고 여겼고, 맹목으로 흐르기 쉬운 신앙에 이성적 사유의 중요함을 일깨워 주
었다는 점에서 성인으로 추대되었다.

럼, 하나님은 사랑을 통하여 자애로운 양심의 목소리로 또한 때로는 엄격하게 꾸짖는 양심의 가책으로 우리가 그릇된 길로 가지 않도록 하면서 언제나 우리의 마음속에 함께하고 있다.

물대는 이는 물을 끌어들이고,
화살 만드는 이는 화살을 고른다.
목수는 재목을 다듬고,
덕 있는 사람은 자신을 통어한다.

법구경 80 (불교)

감성 이성 심정

인간이 동물과 다른 점은 인간에게 이성과 심정이 있다는 것
이다. 이성이란 사물의 이치를 알고 판단할 수 있는 능력을 말한
다. 흔히 인간을 '이성적인 동물'이라고 한다. 인간이 본능에 이끌
려 살지 않고 지성과 도덕성을 지향하는 것은 이성적인 능력이
있기 때문이다. 이성은 인간을 인간답게 만드는 요소가 된다.

심정 또한 인간을 인간되게 하는 요인이다. 심정은 이성적 인
간보다 더 높은 차원의 인격을 형성할 수 있도록 선하고 의롭게
인간의 마음을 이끈다. 심정은 기쁨과 사랑의 충동으로서, 다른
사람을 기쁘게 하고 위해주고 싶은 욕망을 불러일으키는 마음의

뿌리와 같다. 심정이 있기 때문에 인간은 서로 위하고 사랑할 수 있는 사회를 만들 수 있다.

어떤 집안에 삼형제가 살고 있는데 성격이 서로 다르다.

첫째는 낙천적이며 항상 편안함을 추구한다. 먹는 것, 노는 것, 잠자는 것을 좋아한다. 이러한 것들을 즐기다보니 때로는 학교 숙제를 못해갈 때도 있다. 그럼에도 불구하고 불안하거나 미안한 마음을 갖지 않는다. 이런 사람은 본능적이고 감성적인 성향의 사람이다.

둘째는 비교적 자기 절제를 잘한다. 일을 할 때 계획적이며 먼저 할 일과 뒤에 할 일을 잘 구분할 줄 안다. 물건을 살 때도 충동적으로 사지 않고 이 물건이 나에게 필요한 것인지 아닌지를 판단한 후 산다. 친구 관계도 놀기 위한 친구보다 서로에게 이익이 되는 친구를 사귀려고 한다. 이러한 사람은 이성적인 성향의 사람이다.

셋째는 남에 대한 배려가 많은 사람이다. 윗사람에게는 예의를 지킬 줄 알고 아랫사람에게는 친절하고 베풀 줄 안다. 불쌍한 사람을 보면 호주머니를 털어 도와주며 추위에 떠는 사람이 있으면 자기의 겉옷을 벗어 줄 정도로 정이 많다. 셋째와 같은 사람을 심정적인 사람이라고 한다.

위의 세 성품의 사람 중에서 어떤 사람은 좋은 사람이고 어떤 사람은 나쁜 사람이라고 할 수는 없다. 감성과 이성, 그리고 심정이 서로 조화를 이룬 성품을 가진 사람이 인격자다. 감성, 이성,

심정 이 세 성격이 균형을 이루면서도 심정을 바탕으로 한 감성, 심정을 바탕으로 한 이성을 갖춘 사람이야말로 진정한 인격자라고 할 수 있다.

하나님에 대한 그대의 의무를 기억하고 선행하라.
그대의 의무를 다시 기억하고 믿음을 가져라.
그대의 의무를 또다시 기억하고 정의롭게 행동하라.
하나님은 바른 자를 사랑하시도다.

꾸란 5.93 (이슬람교)

심정문화

인간에게 의식주와 연관된 생리적 욕구만 있다면 동물과 다를 바가 없다. 인간의 본능은 안정과 쾌락을 지향하기 때문에 더 잘 먹고, 더 잘 입고, 더 잠을 자고 싶은 욕구를 충족하려고 한다. 이러한 욕구를 논리적으로 억제하고 제한하는 것이 이성이다.

그런데 이성보다 더 인간을 인간답게 하는 것이 심정이다. 심정은 인간을 신(神)의 마음과 동등한 위치에까지 서게 한다. 즉 신을 닮은 인간이 되게 한다. 이성은 본능을 억제하고 제한하지만 심정은 이성을 더욱 가치가 있고 빛나게 만든다. 음식을 먹을 때 이성은 "이 음식은 나에게 너무 많아! 더 먹으면 건강에 좋지 않

우리는 그가 만드신 바라 그리스도 예수 안에서
선한 일을 위하여 지으심을 받은 자니
이 일은 하나님이 전에 예비하사
우리로 그 가운데서 행하게 하려 하심이니라.

에베소서 2:10 (기독교)

아!"라고 판단한다. 그러나 심정은 더 나아가 "지금 세상에는 배고프고 굶주린 사람이 많으니 내가 조금 먹고 아껴서 그들에게 나누어주자!"고 판단한다.

인간에게 감성과 이성만 있고 심정이 없다면 기계와 다를 바가 없다. 미래에는 인공지능의 발달로 로봇이 인간의 이성적 판단보다 더 정확하게 옳고 그름을 판단할 수 있을지도 모른다. 그러나 아무리 인공지능이 발달한다고 하더라도 기계가 인간의 심정을 대체할 수는 없다. 로봇이 사람을 위해서 일하더라도 그 로봇 자체는 기쁨과 사랑을 느끼지는 못하기 때문이다.

참된 목적으로 자아를 추구하는 것
이것이야말로 참된 지식이다.
그 외의 것을 추구하는 것은 무지이다.

바가바드기타 13.11 (힌두교)

종교와 영인체 성장

종교는 선한 가치를 지향하며 인간들을 올바른 길로 인도하는 중요한 역할을 하고 있다. 그리고 모든 사람에게 더불어 살아가는 세계임을 알게 하며 위하여 살라는 가르침을 주고 있다. 종교의 선한 가치를 삶으로 보여준 위대한 성인들의 삶이 얼마나 아름다운가? 우리도 선한 삶의 가치를 추구하고, 그것을 실천하는 것이 어떤 일보다 소중한 것이라는 것을 알아야 한다.

종교 경전은 인간이 지상생활을 통하여 선행을 함으로써 천국에 입성할 수 있음을 가르친다. 한국 속담에 있는 "콩 심은 데 콩 나고, 팥 심은 데 팥 난다."는 말처럼 행한 대로 받는 것이다. 현대인들은 지금 이 세계에서 순간의 기쁨이나 향락을 위해 욕망의 노예가 되기를 두려워하지 않는다. 수단과 방법을 가리지 않고 욕망을 감각적으로 충족시키려 한다. 권력, 부, 명예, 지식까지도 영인체의 성장을 위한 선행의 길로서 취하려 하는 것이 아니라 욕망의 수단으로서 가지려 한다.

종교에서는 인간이 지상에서 육신을 쓰고 사는 동안 이기적인 욕망을 좇아 살았는가, 아니면 양심에 따라 올바른 뜻을 중심하고 살았는가에 따라 지옥과 천국이 결정된다고 말하고 있다. 오직 위하여 사는 삶, 주고 또 줄 수 있는 베푸는 삶, 참사랑의 실천적인 삶을 통해서만 지상생활을 통해 영인체를 성장시킬 수 있다. 그런 삶을 사는 사람들이 지상의 세계를 선한 세계, 지상·

육신을 벗어 버리기 전에 바로 이 세상에서, 욕망과
노여움에서 일어나는 마음의 동요를 이길 수 있는 자는
제어된 자이며, 또한 행복한 자이다.

바가바드기타 5.23 (힌두교)

천상천국으로 변화시킬 수 있다. 그렇기 때문에 종교 경전들은
현재의 삶이 영계에 입성할 때 심판받게 된다는 사실을 강조하
고 있다.

또 네 이웃을 사랑하고 네 원수를 미워하라 하였다는 것을
너희가 들었으나 나는 너희에게 이르노니 너희 원수를
사랑하며 너희를 박해하는 자를 위하여 기도하라.
이같이 한즉 하늘에 계신 너희 아버지의 아들이 되리니
이는 하나님이 그 해를 악인과 선인에게 비추시며
비를 의로운 자와 불의한 자에게 내려주심이라.

인격자의 네 가지 특성

교육의 궁극적 목표는 '사람다운 사람', 즉 인격자를 만드는 것
이다. 인격자란 무엇보다 도덕적 품성을 지닌 사람이다. 어떻게
인격자가 될 수 있는지를 알기 위해서는 도덕성을 포함하여 인격
자가 갖추어야 할 특성에 대해 알아야 한다. 다음과 같이 인격자
의 특성을 네 가지로 정리해 볼 수 있다.

첫째, 도덕성이다. 도덕성은 인격의 핵심적인 속성이라 할 수
있다. 인격자란 인간으로서 마땅히 지켜야 할 도리를 알고 지키
는 사람을 말한다.

둘째, 통일성이다. 인간은 본성적으로 진선미를 추구한다. 이

너희가 너희를 사랑하는 자를 사랑하면 무슨 상이 있으리요
세리도 이같이 아니하느냐. 또 너희가 너희 형제에게만
문안하면 남보다 더하는 것이 무엇이냐 이방인들도
이같이 아니하느냐. 그러므로 하늘에 계신 너희 아버지의
온전하심과 같이 너희도 온전하라.

마태복음 5:43-48 (기독교)

는 보통 지성과 종교성, 예술성으로 표현되는데, 어느 한 분야만을 추구하는 것이 아니라 이 세 가지 성품이 하나로 통일되어야 진정한 인격자라 할 수 있다.

셋째, 일관성이다. 인간이 추구하는 가치나 도덕적 성품은 일관성이 있어야 한다. 기분과 환경에 따라 변하는 것이 아니라 지속적인 선한 성품을 유지할 수 있어야 한다.

넷째, 자율성이다. 사람은 성장하면서 점점 다른 사람의 의존에서 벗어나 자율성을 키워가야 한다. 자유의지에 따라 선택하고 행동할 수 있는 역량, 즉 자율성은 인격자가 반드시 갖추어야 할 특성 중의 하나이다.

이타주의, 남을 위해서, 국가를 위해서, 세계를 위해서 모든 것을
몰입하고 희생 봉사하는 삶이 이 세상에서는 가장 멍청한 바보의
인생철학처럼 보일는지 모르지만, 정말 심오한 진리를 깨닫고 보면
오직 이 길만이 인간세계에 가장 유익한 길이요
영원히 인간이 행복할 수 있는 비결이라는 것을 알게 됩니다.

말씀선집 198-163 (세계평화통일가정연합)

삶은 인격완성의 긴 여정

'역경'*에서는 "덕행을 닦아 인과 의를 지키며 겸손하게 행동을
하고 게으르지 않으면 군자가 될 수 있다."라고 말하고 있다. 끊
임없는 수양과 훈련을 통해 자신의 인격을 완성할 수 있다는 것
이다. 인격완성은 동서양 고금을 막론하고 인간이 추구해야 할
공통의 목표이자 책무이다. 사람의 일생이란 종착역이 없는, 인
격완성을 위한 길고 긴 여정이다. 인류는 인격자를 존경하고 비

---

* **역경(易經)** 유교의 기본경전인 오경(五經)의 하나로 본래의 명칭은 역(易) 또는 주역(周
易)이었는데 점서(占書)였던 것이 유교의 경전이 되면서 역경이 되었다.

인격자를 비난하거나 경멸해 왔다. 그만큼 인격이 으뜸가는 인생의 가치인 것이다. 성숙한 인간은 마음과 몸이 통일된 인격완성을 추구해 나간다.

그러나 인격은 하루아침에 형성되지 않는다. 우리의 신체와 달리 마음의 품격은 오랜 인고의 과정을 거쳐야 한다. 원석을 수천 번 다듬고 갈아 아름다운 보석을 만드는 것처럼 우리의 인격 또한 힘들고 어려운 과정을 거쳐 마침내 빛을 발하게 된다. 자신의 선한 양심을 따라 자기반성과 훈련을 통해 도덕적으로 여러 사람의 존경을 받을 수 있는 품성을 갖추게 될 때 비로소 인격이 완성된다.

그렇다면 인격의 완성을 위해 지향해야 할 삶의 구체적인 목표는 무엇인가? 인격의 완성을 위한 3가지 생애목표를 다음과 같이 분류해 볼 수 있다. 첫째는 개인적 성숙이며, 둘째는 사랑하는 가족과 사랑의 관계이고, 셋째는 사회에 대한 공헌이다.

공자는 '대학'에서 "옛날에 밝은 덕을 천하에 밝히려고 한 사람은 먼저 자기 나라를 잘 다스렸고, 자기 나라를 다스리려는 사람은 먼저 집안을 바로잡았으며, 집안을 바로 잡으려는 사람은 먼저 자신의 인격을 수양하였다. 또 자기 인격을 수양하려는 사람은 마음을 바로 하였으며, 마음을 바로 하려는 사람은 먼저 생각을 참되게 하였다(誠意正心修身齊家治國平天下)."라고 밝혔다.

어떻게 살아야 하나

종교인의 선한 삶 이야기

빈자의 성녀인 테레사* 수녀가 봉사해 왔던 콜카타의 어린이 집 '쉬슈 브라반' 벽에는 '그래도'라는 기도문이 실려 있다.

사람들은 때로 믿을 수 없고, 앞뒤가 맞지 않고, 자기중 심적이다. 그래도 그들을 용서하라.

---

* **마더 테레사(1910~1997)** 인도의 로마 가톨릭교회 수녀로, 1950년에 인도의 콜카타에서 사랑의 선교회라는 기독교 계통 비정부기구를 설립하였다. 이후 45년간 사랑의 선교회를 통해 빈민과 병자, 고아, 그리고 죽어가는 이들을 위해 인도와 다른 나라들에서 헌신하였다.

당신이 친절을 베풀면 사람들은 당신에게 숨은 의도가 있다고 비난할 것이다. 그래도 친절을 베풀라.

당신이 어떤 일에 성공하면 몇 명의 가짜 친구와 몇 명의 진짜 적을 갖게 될 것이다. 그래도 성공하라.

당신이 정직하고 솔직하면 상처받기 쉬울 것이다. 그래도 정직하고 솔직하라.

오늘 당신이 하는 좋은 일이 내일이면 잊힐 것이다. 그래도 좋은 일을 하라.

가장 위대한 생각을 갖고 있는 가장 위대한 사람일지라도 가장 작은 생각을 가진 작은 사람들의 총에 쓰러질 수 있다. 그래도 위대한 생각을 하라.

사람들은 약자에게 동정을 베풀면서도 강자만을 따른다. 그래도 소수의 약자를 위해 싸우라.

당신이 몇 년을 걸려 세운 것이 하룻밤 사이에 무너질 수도 있다. 그래도 다시 일으켜 세우라.

당신이 마음의 평화와 행복을 발견하면 사람들은 질투를 느낄 것이다. 그래도 평화롭고 행복하라.

당신이 가진 최고의 것을 세상과 나누라. 언제나 부족해 보일지라도, 그래도 최고의 것을 세상에 주라.

종교는 선한 가치를 지향하며 인간들을 올바른 길로 인도하는 중요한 역할을 하고 있다. 그리고 모든 사람에게 더불어 살아가는 세계임을 알게 하며 위하여 살라는 가르침을 주고 있다. 종교의 선한 가치를 삶으로 보여준 위대한 성인들의 삶이 얼마나 아름다운가? 우리도 선한 삶의 가치를 추구하고, 그것을 실천하는 것이 어떤 일보다 소중한 것이라는 것을 알아야 한다.

마음과 몸이 대등하기 때문에 싸움을 하는 것입니다.
때문에 몸을 약하게 함으로써 마음이 득세해 가지고
약하게 된 몸을 몇 달 동안 끌고 넘어가게 되면
몸을 다시 올려놓아도 올라올 수 없게끔 습관화되어
그 다음부터는 마음이 하자는 대로 하지
않을 수 없게 됩니다.

몸과 마음의 통일

예로부터 심신통일은 인격수양의 핵심 원리였으며, 여기서 심
신통일이란 마음의 욕구를 중심으로 몸의 욕구를 조화시키는 것
을 말한다. 마음의 욕구는 내면의 스승인 양심의 소리를 외면하
지 않고 우리를 선한 방향으로 인도할 수 있기 때문이다.

몸의 욕구가 마음의 욕구에 의하여 통제될 때 우리는 몸과 마
음이 조화되는 것을 경험하며, 그 결과로 기쁨을 느낀다. 그러나
마음의 욕구가 몸의 욕구를 이기지 못할 때는 몸과 마음의 갈등
을 더욱 심하게 경험하게 되며, 결과적으로 양심의 가책을 느끼
게 된다. 어떤 행동에서 우리가 양심의 가책을 느낀다는 것은 그

이렇게 만들어 놓으면 자기가 계획하는 모든 일이
하늘의 도움으로 말미암아 잘 되는 것을 체험하게 됩니다.
이렇게 되면 그냥 놔두어도 돌아가려야 돌아갈 수 없기 때문에
양심을 위주로 한 절대적인 자리에서 생애를 엮어갈 수
있게 됩니다. 이것이 종교생활의 목적입니다.

말씀선집 38-272 (세계평화통일가정연합)

행동이 우리의 본래 마음인 양심에 어긋났다는 것을 의미한다.

양심에 어긋난 행위는 어떤 경우에도 우리에게 기쁨을 줄 수
없으며, 결과적으로 기쁨이 따르지 않는 행위는 인격완성과 무관
하다. 왜냐하면 사람의 가장 중요한 본질은 기쁨이기 때문이다.
사람은 기쁨을 느낄 때 성장하며, 그 끝에 인격완성이 있다.

인격이 운명이다.

헤라클레이토스[*]

* **헤라클레이토스(B.C. 540?~B.C. 480?)** 기원전 6세기 말 고대 그리스 사상가로 소크라
테스 이전 시기의 주요 철학자로 꼽힌다. 만물의 근원을 불이라고 주장했으며 대립물의
충돌과 조화, 다원성과 통일성의 긴밀한 관계, 로고스에 주목했다.

나에게는 오직 세 가지 적이 있습니다. 내게 가장 손쉬운 적은
어렵지 않게 밀어붙일 수 있는 대영제국입니다.
두 번째 적은 인도 국민으로 이는 훨씬 더 까다로운 상대입니다.
하지만 내게 가장 만만찮은 적은 간디라는 남자입니다.
나에게 그 사람은 참으로 벅찬 상대입니다.

간디*

자기 마음을 다스리기

인도의 독립을 이끌었던 마하트마 간디는 "나에게 가장 무서
운 적은 인도를 지배했던 영국보다도 간디라는 사나이다."라고
하였다. 간디가 이렇게 말한 것은 무엇보다 자신의 마음을 다스
리기가 어려웠기 때문이다. 세상에서 가장 강한 사람은 자신을
이길 수 있는 사람이고, 세상에서 가장 부자는 스스로 만족하는

---

* **마하트마 간디(1869~1948)** 인도의 정신적·정치적 지도자이며, '마하트마'는 위대한 영
혼이라는 뜻으로 인도의 시인인 타고르가 지어준 이름이다. 인도의 영국 식민지 기간
중에는 인도 독립운동과 무료 변호, 사티아그라하 등 무저항 비폭력 운동을 전개했다.

사람이다. 그래서 신라시대 원효대사*는 "세상 모든 일은 마음먹기 달렸다."고 하였다.

　마하트마 간디는 인도의 유복한 집안에서 태어나 영국 유학후 법률가로서 개인적 성공가도를 걷다 인도인들이 받고 있는 차별과 부당한 대우를 목도하고 인도 독립과 인권, 평화를 위해 헌신하는 이타적인 삶으로 전향한 세계적인 비폭력 평화 운동가이다. 간디를 이처럼 인류의 위대한 스승으로 만든 진정한 원동력은 진리에 대한 추구와 절제의 삶을 통해 스스로 진리를 실험하

---

* **원효대사** 신라의 승려로 일심(一心)과 화쟁(和諍) 사상을 중심으로 불교의 대중화에 힘썼으며 수많은 저술을 남겨 불교 사상의 발전에 크게 기여하였다.

고 실천해 온 자세에 있었다. 간디는 다음과 같이 말했다.

"행복의 열쇠는 진리를 추구하는 삶 자체에 있습니다. 나는 인도의 종이 아니라 신리의 종으로 살았다고 자부합니다. 진리의 길이 바로 나와 이 세계를 위한 평화의 길입니다. 나는 삶에서 줄곧 마음의 아름다운 평화를 느껴 왔습니다. 이런 나의 삶을 누가 행복하지 않았다고 말할 수 있겠습니까?"

신의가 있는 말은 아름답지 못하고
아름다운 말은 신의가 없다.
선량한 사람은 말을 잘하지 못하고
말을 잘하는 사람은 선량하지 못하다.
진실로 앎이 있는 사람은 박식하지 못하고
박식한 사람은 알지 못한다.

도덕경 81 (도교)

벤자민 프랭클린 이야기

미국에서 가장 존경받는 인물 중 한 사람이 벤자민 프랭클린*
이다. 그는 정치가이며, 사상가이며 피뢰침을 만든 과학자다. 한
편 근면함으로 재산도 축적한 부자였다. 그러나 프랭클린은 부자
가 되기만을 바라지 않았다. 그는 자신이 후세 사람들에게 부자
로만 기억되는 것을 원하지 않았다. 그는 '인격자'로서의 삶을 꿈
꿨다. 벤자민 프랭클린은 혈기왕성한 20대 청년기에 '인격완성'

---

* **벤자민 프랭클린(1706~1790)** 미국의 '건국의 아버지' 중 한 명이다. 그는 계몽사상가로
서 유럽의 과학자들의 영향을 받았으며 피뢰침, 다초점렌즈 등을 발명했다.

의 꿈을 꾸며 자신의 생활을 관리했다. 그는 "단 하루를 살아도 나의 가치를 실현하며 살고 싶다."는 뜻을 세우고 근면과 성실한 삶을 살았다.

프랭클린은 가난한 집안 열일곱 남매 중 열다섯 번째로 태어났다. 학교라고는 2년밖에 다니지 못했고 열 살 때부터 돈벌이에 나서야 했다. 열일곱 살이 되어서는 집을 떠나 필라델피아에서 무일푼으로 삶을 개척했다. 그의 유년기는 무엇보다 먹고 사는 문제가 시급했다. 그럼에도 불구하고 그는 '가치를 실현하는 삶'을 우선으로 삼았다. 도덕적으로 완벽한 사람, 질서 있고 일관성 있는 행동가가 되기 위해 그는 13가지 실천 덕목을 선정하고 그 덕목의 실천 여부를 매일 점검하며 인격완성을 향해 매진했다.

〈프랭클린의 13가지 실천 덕목〉

1. 절제 : 배부르도록 먹지 말라. 취하도록 마시지 말라.

2. 침묵 : 쓸데없는 말을 하지 말라.

3. 질서 : 모든 물건을 제자리에 두어라. 모든 일은 시간을 정해두고
하라.

4. 결단 : 해야 할 일을 하기로 결단하라. 결심한 것은 꼭 이행하라.

5. 검약 : 자신과 다른 이들에게 유익한 일 외에는 돈을 쓰지 말라.
즉, 아무것도 낭비하지 말라.

6. 근면 : 시간을 낭비하지 말라. 언제나 유용한 일을 하라.
안 해도 될 일을, 행동을 끊어버려라.

7. 진실 : 남을 속이지 말라. 순수하고 정당하게 행동하라.

말과 행동이 일치하게 하라.

8. 정의 : 남에게 돌아갈 이익을 반드시 돌아가게 하라.

남에게 피해를 주지 말라.

9. 온건 : 극단을 피하라. 상대방이 나쁘다고 생각하더라도 홧김에

상처를 주는 일을 삼가라.

10. 청결 : 몸과 의복 그리고 습관에서 항상 깨끗함을 유지하라.

불결하게 하지 말라.

11. 침착 : 사소한 일, 일상적인 일이나 불가피한 일에 흔들리지 말라.

12. 순결 : 건강이나 자식을 낳는 일이 아니면 성관계를 삼가라.

13. 겸손 : 예수와 소크라테스를 본받아라.

좋은 관계는 춤과 같이 어떤 일정한 규칙 위에 이루어진다.
파트너끼리 꼭 붙잡고 있을 필요는 없다. 왜냐하면 그들은
모차르트의 무곡처럼, 복잡하지만 쾌활하고, 빠르고
자유롭게, 같은 규칙에 따라 대담하게 움직이기 때문이다.

행복의 지름길

누구나 행복한 삶을 꿈꾼다. 미국의 하버드대학교에서도 '어떻게 하면 행복한 삶을 누릴 수 있을까?'라는 주제로 지난 75년 동안 연구를 해왔다. 이 연구를 통하여 알게 된 것은 결국 다른 사람들과의 좋은 관계가 행복한 삶으로 안내해 준다는 것이다. 그럼 어떻게 하면 좋은 관계를 가꿀 수 있을까?

다른 사람들과 좋은 관계를 형성하려면, 무엇보다도 서로 간의 원활한 의사소통이 중요하다. 심리학자들이 말하는 것처럼 의사소통에서 중요한 것은 함께 느끼고, 괴로워하고, 기뻐하는 공감능력이다. 공감능력은 믿음, 너그러운 마음, 솔직함의 기반이

무거운 접촉은 움직임을 둔하게 하며 끝없이 펼쳐지는
변화의 아름다움을 느끼지 못하게 만든다.
소유하려는 듯한 움켜쥠, 매달린 팔
무거운 손이 있을 곳이 아니다.

된다. 가까운 친구와 대화할 때는 사용되는 단어, 표현, 몸짓 모두가 의사소통의 수단이 된다. 아울러서 사람은 각기 고유한 특성을 지니기 때문에 우선 서로의 차이를 인정할 필요가 있다. 어떤 관계에서든지 상대를 배려하고 존중하는 의사소통방식은 그 관계를 긍정적으로 발전시킬 수 있다. 우리가 어떻게 하면 다른 사람들과 잘 주고받는 좋은 관계를 형성할 수 있는지 알아보도록 하자.

할아버지와 손자

할아버지는 매우 늙고 힘이 없어서 거동이 불편하고 제대로 보거나 듣지도 못했다. 이도 다 빠져서 식사를 할 때는 늘

지금은 팔짱을 끼고, 지금은 얼굴을 마주보고
지금은 등을 마주대고, 어느 동작이든 상관없다.
그들은 같은 리듬에 맞춰 움직이고, 함께 스텝을 밟고 그것에 의해
눈에 보이지 않게 보호받는다는 것을 알기 때문이다.

앤 모로우 린드버그 (미국 작가)

음식을 흘렸다. 그래서 할아버지의 아들인 젊은 농부와 그의 아내는 할아버지를 식탁이 아닌 난로 옆 구석자리에서 식사를 하게 했다.

어느날 농부의 아내가 음식을 그릇에 담아 시아버지인 할아버지에게 주었다. 그런데 할아버지가 그릇을 들다가 그만 바닥에 떨어트려서 깨트리고 말았다.

며느리는 시아버지에게 화를 내며 잔소리를 퍼부었다. 집 안에 있는 살림살이를 모두 못쓰게 만들고 접시를 깨트렸다고 투덜거리며 이제부터는 나무 접시에 음식을 담아줄 거라고 말했다. 할아버지는 아무 말 없이 한숨만 내쉬었다.

며칠 후 농부 부부는 어린 아들이 노는 모습을 지켜보고

있었다. 아들은 바닥에 앉아 작은 나무 조각으로 무언가를 열심히 만들고 있었다. 그 농부는 아들에게 물었다.

"뭘 만들고 있는 거니?" 그러자 아들이 대답했다.

"나무 그릇 만들고 있어요. 엄마와 아빠가 늙으면 거기에 밥을 담아 주려고요."

젊은 농부 부부는 서로를 쳐다보며 눈물을 흘렸다. 늙은 아버지를 함부로 대한 것에 대해 부끄러움을 느꼈다. 그날부터 그들은 할아버지를 식탁에 앉혀 드리고 정성껏 보살폈다.

—톨스토이*

---

* **톨스토이(1828~1910)** 레프 니콜라예비치 톨스토이 백작은 19세기 러시아 문학을 대표

위의 이야기를 통해서 알 수 있는 것처럼 가족이나 친구들과 좋은 관계를 맺으려면 먼저 상대방을 이해하려는 노력이 필요하다. 그래야 자신도 상대방으로부터 이해받을 수 있다. 우리는 동일한 문제에 대해서도 서로 다른 관점을 가질 수 있다. 어떤 사람은 감각적이고 직관적인 시각에서 문제에 접근하는 반면, 어떤 사람은 분석적이고 논리적인 관점에서 접근한다. 하나의 사실을 놓고도 우리는 각기 자신의 관점이 옳다고 생각할 수 있다.

다른 사람을 더 깊이 이해할수록, 우리는 그 사람을 더욱 소중

하는 소설가이자 시인, 개혁가, 사상가이다. 사실주의 문학의 대가이며, 대표작으로 '전쟁과 평화' '안나 카레니나' '바보 이반' '이반일리치의 죽음' 등이 있다.

하게 여기게 된다. 가족이나 친구들의 이야기에 귀를 기울이고 그들을 이해하는 법을 배워야 한다. 다른 사람들의 상황과 문제를 그들의 시선으로 바라보아야 한다. 또한 다른 사람들 시선으로 자신의 문제를 바라보려고 노력할 필요가 있다. 그러면 구체적으로 어떻게 하면 다른 사람들과 좋은 관계를 맺을 수 있을까?

사랑하는 이여, 남편이 사랑스런 것은 남편이기 때문이 아니라
그 안에 있는 아뜨만*이 사랑스럽기 때문입니다.
사랑하는 이여, 아내가 사랑스런 것은 아내이기 때문이 아니라
그 안에 있는 아뜨만이 사랑스럽기 때문입니다.
사랑하는 이여, 자식이 사랑스런 것은 자식이기 때문이 아니라
그 안에 있는 아뜨만이 사랑스럽기 때문입니다.

브리하드아란야카 우파니샤드 2.4.4-5 (힌두교)

가정은 사랑의 학교

가정은 사랑의 학교다. 가족구성원 간의 잘 주고 잘 받는 관계를 통해 부모의 사랑, 형제자매의 사랑, 부부의 사랑, 자녀의 사랑 등 네 가지 사랑을 배우는 배움터이다. 가정에서 우리가 처음으로 접하며 배우는 사랑은 바로 우리 부모로부터 배우는 사랑이다. 아울러 형제자매가 태어나게 됨에 따라서 형제자매와 더불어 살아가며 우리는 형제자매의 사랑을 배우게 된다. 그러다가 배우자를 만나서 부부가 되어 남편과 아내로서 더불어 살아가며 부부

---

* **아뜨만** 인도의 우파니샤드 철학에서 절대 변치 않는 가장 내밀하고 초월적인 자아.

사랑의 관계를 배우게 된다. 부부사랑의 결실로서 자녀가 태어나면, 우리는 엄마 아빠가 되며, 마침내 부모의 사랑을 경험하고 배우게 된다.

가정에서 올바르게 사랑을 배운 사람은 남을 사랑할 수 있는 인성을 기르게 된다. 그런 사람은 가정에서 배운 사랑의 관계를 사회에서 조화롭게 실천할 수 있다. 나이가 많은 사람에게는 마치 부모를 대하듯이 사랑으로 대하며, 나이가 적은 사람에게는 마치 자녀를 대하듯이 사랑으로 대한다. 나이가 비슷한 사람에게는 형제자매를 대하듯이 사랑으로 대한다. 이러한 사람들로 가득한 사회는 싸움이 없으며 사랑이 넘치는 행복하고 평화로운 사회가 될 수 있다. 사랑이 넘치고 평화로운 가정에서 성장한 사람은 사랑과 평화의 인성을 기르게 되어 사랑과 평화의 세계를 만드는 데 기여할 수 있다.

가정은 인류가 어떻게 사랑으로 더불어 살아가야 하는지 가르쳐주는 모델이다. 가정은 사랑으로 함께 생활하는 공동체이다. 가족들은 서로 사랑을 나누며 더불어 살아간다. 이상적인 사회는 가정을 확대한 것과 같다. 사회의 구성원들은 마치 가족처럼 서로 위하는 사랑을 실천하며, 그러한 사랑의 목적을 이루기 위한 제도가 만들어져야 한다. 지구촌은 하나의 큰 가정과 같고, 전 인류는 그 속에서 함께 사는 하나의 대가족과 같다.

한 우물을 같이 사용하고, 음식을 같이 나누어라.
나는 그대들이 같은 멍에에 묶이게 하리라.
화합하여 희생제의 불가에 둘러 앉으라.
마치 수레의 바퀴살처럼.

가정의 소중함

미국에서 얼마 전에 신문에 난 기사의 제목입니다.

아버지가 수년전부터 중풍과 치매로 병석에 누워 계시는데 감당할 수가 없어서 아버지를 팔려고 광고를 내니 1만 달러에 아버지를 사갈 사람은 전화해 달라는 것이었습니다. 그 광고가 나가자 어떤 젊은 남자로부터 전화가 왔습니다. 전화한 젊은이는 자기 내외는 어릴 때부터 고아원에서 자라서 부모님의 얼굴도 모르고 자랐는데, 지금은 결혼하여 아들과 딸도 낳고 행복한 가정을 이루고 살고 있지만, 아버지 어머니라고 부르면서 모시고 살 수 있는 분이 계시면 더욱 좋겠

공통의 바람으로써 나는 그대들이 하나의 목적을 지니게 하리라.
한 마음이 되어, 한 어른을 따라라.
마치 스스로 불멸을 보존했던 신들처럼
아침저녁으로 그대들 안에 사랑스런 마음이 가득하여라.

아타르바 베다 3.30 (힌두교)

고 아이들도 할아버지와 할머니가 계시면 좋겠다고 하여 넉넉한 형편은 아니지만 아버지를 사서 친아버지같이 모시면서 효도를 하고 싶다는 것이었습니다.

그 말을 듣고 광고를 낸 사람은, 다시 한 번 정말로 우리 아버지를 사서 모실 결심이 되어 있으면 1만 달러를 갖고 와서 모시고 가라며 주소를 알려 주었답니다. 젊은이 내외는 알려준 주소로 찾아가 보았는데 미국에서도 부자들만 사는 마을에 있는 아주 큰 집이었습니다. 큰 집에 살고 있던 노신사는 당황하여 서 있는 젊은 부부를 보고 앉으라고 하더니 자신이 광고를 낸 사람이 맞다고 하면서 젊은이의 과거를 다시 한 번 듣고 그의 결심이 진실인 것을 확인한 다음 정말로

1만 달러에 아버지를 사서 친부모같이 모시고 싶다면 돈을 내라고 했습니다. 젊은 부부가 정성껏 준비한 흰 봉투를 내밀자 노신사는 웃으면서 "자, 이제 나를 샀으니 이 모든 것은 아들인 너의 것이다."라고 말했습니다. 노신사는 나이는 많고 자식은 없기에 자식이 될 착한 사람을 구하려고 거짓 광고를 낸 것인데 진실된 젊은이를 만나게 되어 기뻐했습니다.

이 이야기에 나오는 노신사와 젊은 부부는 각각 자녀와 부모가 없는 슬픔을 가지고 살아온 사람들이다. 부모와 자녀가 함께 있는 가정에서 자란 사람들은 공기처럼 당연하게 부모와 자녀가 함께 있는 가정을 떠올리지만 부모나 자녀가 없는 사람도 수없이 아내를 나처럼 사랑하라. 아내를 나보다 더 존중하라.
자녀를 바른 길로 양육하라.
결혼적령기에는 자녀에게 짝을 맺어주어라.
이 모든 것을 실천하는 이는
"그 가정에 평화가 있을 것이다."

탈무드 예비모트 62 (유대교)

많다. 부모가 없는 사람은 젊은 부부처럼 부모를 그리워하면서 자라게 되고 자녀가 없는 사람은 노신사처럼 자녀의 빈자리를 쓸쓸해하며 살게 된다.

왜 노신사와 젊은 부부는 안정적인 경제적 환경 속에서도 자녀와 부모를 그리워했을까? 사람은 누구나 행복한 가정의 이상을 마음속에 가지고 있기 때문이다. 어린 시절에는 부모의 사랑을 받고 형제들과 우애를 나누며 성장하고 싶어 한다. 이렇게 성장하여 한 사람의 남성과 한 사람의 여성이 되면 부부가 되어 남녀가 하나 되는 사랑을 나누고 자녀를 낳아 키우면서 부모의 사랑을 경험하고 싶어진다.

부모는 자녀가 성장하여 일가를 이루어 손주를 낳아 조부모가 되는 기쁨을 맛보고 싶어 한다. 가정에서 가족 구성원은 이렇게 서로 애정을 주고받으며, 신뢰와 위안, 즐거움 등 심리적 안정과 정서적 친밀감을 얻는다. 그리고 가족 공동의 목표를 위해 협력하고 함께 생활하면서 고유한 생활습관이나 가치관, 문화 등을 형성하게 된다. 과거에 비해 가정에서 의식주 해결, 자녀 양육, 노인 부양 등의 기능이 줄어들었지만 그만큼 정서적 기능과 애정의 기능은 증가하고 있다.

그러나 부모, 자녀, 형제, 조부모가 되어 사랑을 나누고 싶은 행복한 가정의 꿈은 매일 매일 많은 노력과 정성이 필요한 일이다. 바쁜 일상 속에 쫓기다 보면 경제적인 이유나 시간적 여유 등의 부족으로 가정의 소중함을 뒤로 미루기 쉽기 때문이다.

마치 어머니가 자신의 생명에 대한 위험을 무릅쓰고
외아들을 보호하듯이, 그로 하여금
모든 존재에 대한 무한한 동정심을 지니게 하라.

쿠다카 파타 멧타 숫타 (불교)

부모의 사랑과 심정

한 가정에서 자녀의 탄생은 부부로 하여금 부모가 되게 하는 중요한 계기가 된다. 인간은 누구나 이와 같이 자신의 부모를 통해서 소중한 생명을 지닌 존재로 태어난다. 그러므로 모든 사람은 자신의 부모 앞에 원인적 존재가 아닌 자녀라는 결과적 존재의 입장에서 삶이 시작된다.

인간은 한 가정에서 누구의 딸 혹은 누구의 아들로서 자신의 존재를 인식하게 되며, 기본적으로 부모와 자녀의 관계를 통해서나 자신이 관계적 존재임을 깨달아 가게 된다. 한편 관계적 존재인 나 자신은 부모의 사랑을 통해서 태어났을 뿐만 아니라 부모의 사랑을 통해서 어른으로 성장해 나가고 있다.

　우리를 태어나게 한 부모의 사랑은 인간이 경험하는 참된 사랑의 모습을 가장 잘 보여주고 있다. 부모의 사랑의 마음이란 어떠한가? 지난 2008년 중국 쓰촨성에서 강한 지진이 발생하였다. 그 당시 구조 현장에 참여한 사람들이 크게 감동하게 된 한 장면이 있다. 구조 요원들이 무너진 건물의 진흙벽돌 무더기를 걷어내자 남자 아이 한 명과 모녀의 시신이 발견되었다. 15살 아들은 어머니와 여동생과 떨어져 홀로 누워 있었으나 어머니는 9살 딸을 온몸으로 감싸 안고 있었다. 강한 지진이 발생하던 당시 어머니는 식사를 하다가 급하게 사랑하는 딸을 구하려고 했던 것으로 짐작이 될 정도로 목숨을 잃은 어머니의 손에는 젓가락이 쥐어져

부모는 네 이가 날 때까지 너를 돌본 것이니
부모의 이가 빠질 때 너는 그들을 돌보아야 할 것이다.

아칸족의 격언 (아프리카 전통종교)

있었다. 우리는 이 모습을 통해서 자녀를 향한 부모의 진정한 사
랑이 무엇인지를 깨닫게 된다.

참회의 눈물

한쪽 눈이 없는 어머니를 무척이나 창피하게 생각하는
아들이 있었다. 그 아들은 어머니가 학교에 오시는 것을 싫
어했을 뿐만 아니라 그런 어머니가 자신의 어머니라는 것조
차도 부끄러워하였다. 어느새 그 아들은 청소년기를 지나 대
학을 졸업하였고 결혼할 나이가 되었다. 그는 결혼할 상대에
게 어머니가 돌아가신 것으로 거짓말을 하였고, 마침내 결혼
하여 가정을 이루게 되었다. 그는 자녀를 낳았고 부모가 되

었다.

　그런 아들이 어떻게 지내는지 몹시 궁금한 어머니는 결혼한 아들을 찾아가게 되었다. 그러나 아들은 어머니를 모르는 척 외면하였을 뿐만 아니라 제대로 연락을 드리지도 않았다. 어느 날, 그 아들은 자신이 태어난 고향에서 중학교 동창회가 있다는 소식을 듣고 오랜만에 고향으로 향하였다. 그는 혹시나 하는 마음에 어머니가 살고 계신 고향집을 잠시 방문하게 되었다. 어머니는 그동안 그리워하였던 아들에게 왜 한쪽 눈을 잃게 되었는지 오랫동안 감쳐 두었던 비밀을 털어놓게 되었다.

　어머니의 이야기를 듣게 된 아들은 흐르는 눈물을 멈출

수가 없었다. 그리고 더 이상 한쪽 눈이 없는 어머니를 부끄러워하지 않게 되었다. 그는 오히려 어머니를 자랑스럽게 생각하게 되었다.

도대체 어머니는 무슨 말씀을 하셨던 것일까?

왜 아들은 눈물을 흘리게 되었을까?

아들은 기억조차 할 수 없는 그의 어린 시절에 그만 교통사고로 눈을 다치게 되는 위급한 상황에 처해 있었다. 그때 어머니는 아들을 위해서 기꺼이 자신의 한쪽 눈을 아들에게 기증을 한 것이었다. 그로 인하여 어머니는 남들과 달리 한쪽 눈에 의지하면서 생활하게 된 것이었다. 어머니는 아들이 이 사실을 알게 되면 마음이 아플 것 같아서 차마 이 이야기를 그동안 하지 못한 것이었다. 우리는 이러한 어머니의 마음을 부모의 사랑이라고 느끼게 된다.

위의 이야기에서 우리는 부모의 사랑이 지닌 덕목으로서 헌신, 자애심, 책임감을 이해할 수 있다. 헌신이란 몸과 마음을 바쳐 힘을 다하는 것을 의미한다. 부모의 사랑은 부모 자신의 몸과 마음을 다하여 자녀를 위해 희생함으로써 오히려 더욱 큰 기쁨과 행복감을 느끼는 고차원적인 사랑이다. 그렇기 때문에 부모의 사랑은 자신을 비우는 사랑의 높은 경지를 우리에게 보여준다. 이러한 부모의 사랑은 참된 사랑이 지닌 본질, 곧 상대를 위하려는 참된 사랑의 특성을 우리로 하여금 경험하게 만든다.

가정은 천국을 이룰 수 있는 교재입니다.
하늘이 만들어 놓은 교재입니다.
가정은 천국과 인연 맺게 하기 위한 교재입니다.

평화경 660p (세계평화통일가정연합)

인생에서 그 어떠한 것도 부모만큼 개인의 정서와 인격을 성장시켜주지는 못한다. 또한 부모가 되는 것은 사랑을 중심으로 새로운 차원의 인생을 경험하게 해준다. 자녀를 직접 키워보면서 예전에 자신이 받았던 부모의 사랑을 새롭게 깨닫는 것이다. 이는 부모로부터 사랑을 받으며 성장하는 것뿐만 아니라 자신이 부모가 되어 자녀 양육을 해보는 것이 인격 완성에 있어서 매우 중요하다는 것을 의미한다.

세상에서 얻기 어려운 것은 형제요
취하기 쉬운 것은 재물이다.
설사 재물을 얻을지라도 형제의 마음을 잃어버린다면
무슨 소용이 있겠는가?

소경 (불교)

형제자매의 사랑

빈센트 반 고흐*의 그림은 많은 사람들에게 알려져 있지만 고흐의 동생 테오를 아는 사람은 별로 없다. 테오는 고흐를 위해 '태어나서 살다가 죽었다.'는 말이 있을 정도로 고흐의 명작이 태어날 수 있는 데 가장 큰 영향을 끼쳤다. 테오는 고흐의 4살 아래 동생으로 고흐가 뒤늦게 화가의 길을 선택했을 때 용기와 희망을 주었고 그림만 그리며 살 수 있도록 경제적 후원을 했다.

---

* **빈센트 반 고흐**(1853~1890) 네덜란드의 후기 인상주의 화가. 주요작품으로 '해바라기'아를르의 침실'의사 가셰의 초상' 등이 있다.

고흐는 동생 테오가 보내준 돈으로 10년 동안 정열적으로 그림을 그릴 수 있었고 880여 점의 작품을 남겼다. 고흐는 내성적이고 병약했으며 충동적인 성격으로 사람들과 어울리지 못했으며 당시 화단에서 인정받지 못하는 그림을 그렸다. 그런 고흐를 위해 테오는 경제적인 지원은 물론 적극적인 지지와 격려를 보냈다. 변함없이 자신을 믿어주는 테오를 위해 고흐는 열심히 그림을 그렸지만 그림은 팔리지 않았다. 결국 고흐는 마지막까지 테오에 대한 고마움과 미안함 등을 담은 유서를 남기고 최후를 맞았다. 그리고 6개월 뒤 동생 테오도 특별한 이유 없이 사망한다. 고흐와 테오가 서로 주고받았던 660여 통의 편지와 고흐의 그림은 지금까지 남아 두 사람의 아름다운 우애가 있었기에 열정적인 예술혼이 피어날 수 있었음을 알려준다. 만약 고흐의 작품세계를 인정하고 격려하면서 경제적인 후원을 아끼지 않았던 동생 테오가 없었다면 고흐의 작품을 볼 수 없었을 것이다.

흔히 형제를 한 나무에서 뻗어나온 가지로 비유하곤 한다. 조상이 뿌리라면 그 뿌리에서 나서 힘차게 부모가 줄기를 만들고, 그 줄기에서 가지로 뻗어나간 것을 형제라고 비유하는 것이다. 그런데 같은 줄기에서 난 가지가 각기 다른 방향으로 줄기를 당긴다면 나무는 튼튼하게 살 수가 없다. 마찬가지로 형제가 서로 사이가 좋지 않으면 부모는 어느 한 편의 자녀만 편들 수 없어 슬프고 고통스럽게 된다.

형제는 수족과 같고 부부는 의복과 같다.
의복이 헤지면 다시 새것을 얻을 수 있으나
수족이 끊기면 잇기가 어렵다.

장자(莊子) (도교)

형제자매의 우애

한 마을에 따로 농사를 지으며 사는 형제가 있었다. 형제
는 가을이 되자 추수를 하고 각자 논에 볏가리를 쌓아 놓았
다. 형이 생각하기를, 동생은 결혼해 새로 살림이 났기에 쌀
이 더 필요할 거라고 생각하고는 밤중에 몰래 논으로 나가
자기 볏가리를 덜어 동생 볏가리에 쌓아 놓았다.

그날 밤 동생이 생각하기에 형은 식솔도 많으니 쌀이 더
필요할 거라 여겨 밤중에 나가 자기 볏가리를 덜어 형의 볏
가리에 쌓아 놓았다. 이튿날 논에 나가 본 형제는 깜짝 놀랐
다. 분명히 지난밤에 볏가리를 옮겨 놓았는데 전혀 볏가리가

줄어들지 않았던 것이다. 이튿날 밤에도 형제는 같은 행동을 했고, 셋째 날에 드디어 형제는 그 이유를 알 수 있었다. 서로 밤중에 볏가리를 옮겼던 것이다.

— '한국민속대백과사전'

위의 이야기는 예부터 우리나라에 전해오는 형제간의 우애를 다룬 민담이다. 이외에도 우리나라에는 형제간의 우애를 다룬 민담이 다수 전해진다. 신라 경덕왕 때 월명스님은 '제망매가(祭亡妹歌)'*라는 향가에서 형제자매를 '한 가지에서 난 잎'에 비유했다.

---

* **제망매가** 신라 경덕왕 때의 승려인 월명스님이 지은 향가로 '삼국유사'에 전한다.

형과 아우가 화목하면 부모님이 기뻐하시니,
형제자매는 우애할 뿐이니라.

사자소학(四字小學) (유교)

형제자매는 부모 다음으로 가까운 피붙이다. 또한 '형제는 수족
과 같다.'는 말이 있으며, 다산 정약용은 "형제란 나와 부모가 같
으니, 이 또한 나일뿐이다. 얼굴 모습이나 나이가 약간 다르지만
서로 우애가 없다면 이것은 나를 멀리 함이다."라고 말했다.

"죽고 사는 길은/ 여기 있으매 두려워하고/ 나는 간다는 말도/ 못다 하고 가느냐/ 어
느 가을 이른 바람에/ 여기저기 떨어지는 잎처럼/ 한 가지에 나고/ 가는 곳을 모르겠구
나…"(양주동 풀이)

단지 함께 있다 하여 부부가 아니다.
진실로 맺어진 두 사람은 하나의 빛으로 산다.
다디 그란트, 바르 수히 키, M3 (시크교)

부부의 사랑

독신을 서약한 사제였지만 종교개혁자가 된 후 카타리나라는
여성과 결혼해 행복한 가정을 이룬 마르틴 루터는 거룩한 결혼
생활은 하나님의 말씀 다음가는 귀한 보물이라고 말했다. 두 사
람의 존경과 사랑과 신의로 맺어진 부부애 속에서 하나님의 진정
한 축복을 발견한 것이다. 창조주 하나님의 남성적 성품과 여성
적 성품으로 창조된 남자와 여자는 결혼을 통해 부부가 되어 사
랑으로 하나 되는 과정에서 하나님을 닮고 진정한 축복을 받게
된다. 부부 사랑의 힘은 서로 남으로 불완전했던 두 존재가 서로
위하고 부족한 부분을 채워나가며 온전히 하나 되어 그 무엇도

떼어놓을 수 없는 인연을 만든다.

이제 더 이상 외롭지 않으리라

이제 두 사람은 비를 맞지 않으리라

서로가 서로에게 지붕이 되어 줄 테니까

이제 두 사람은 춥지 않으리라

서로가 서로에게 따뜻함이 될 테니까

이제 두 사람은 더 이상 외롭지 않으리라

서로가 서로에게 동행이 될 테니까

이제 두 사람은 두 개의 몸이지만

두 사람의 앞에는 오직 하나의 인생만 있으리라

이제 그대들의 집으로 들어가라

함께 있는 날들 속으로 들어가라

이 대지 위에서 그대들은

오랫동안 행복하리라.

—'두 사람' (인디언이 결혼식에서 읊어주는 축시)

사랑은 혼자서는 이루어질 수 없다. 태초에 하나님이 인간을
창조하실 때 남자와 여자로 창조하신 것도 인간이 외롭지 않고
서로 사랑하며 기쁘게 살아갈 수 있도록 한 것이다. 부부 사랑은
자신의 반쪽을 만나 남자와 여자의 사랑을 완성하여 부모로 가정
을 일구면서 완전한 자아를 만드는 원숙한 사랑의 출발이다. 그

리고, 궁극적으로는 두 사람이 하나 되어 서로 위하면서 하나님
의 사랑을 완성시켜 우주를 주관하고 미래를 열 수 있는 하나님
의 대신자가 되는 고귀한 가치를 지니고 있다.

교우 한 사람이 묻기를, "하나님의 사도여!
나에게 가장 고귀한 사람은 누구입니까?"라고 하자, 그는
"너의 어머니이다."라고 대답했다.
"두 번째 고귀한 사람은 누구입니까?"라고 묻자, 사도는

자식의 자세와 효도

가정에서 바람직한 관계가 형성되기 위해서는 우선 자녀가 부모의 뜻을 잘 헤아려서 따르는 것이 중요하다. 물론 부모의 판단이 항상 옳지 않을 수도 있고 또한 부모와 자녀의 의견이 다를 수도 있다. 그러나 이 경우에도 대화를 통하여 서로 이해하려는 노력이 필요하다. 다른 사람들과의 관계든 또는 부모와의 관계든 좋은 관계는 그냥 이루어지지 않는다. 서로 이해의 지평을 맞추려는 노력이 필요하다. 그래야 가정에 사랑과 평화가 있으며, 가정이 평안하면 모든 일이 순조롭게 잘 이루어진다. 그러므로 '명심보감'에는 다음과 같은 가르침이 있다.

"너의 어머니이다."라고 반복했다.
"나의 어머니 다음은 누구입니까?"라는 물음에
하나님의 사도가 대답하길, "너의 아버지니라." 하였다.

부카리 및 하디스 (이슬람교)

　효도의 첫 걸음은 자녀가 부모의 뜻을 믿고 따르는 것이다. 자녀가 부모의 뜻을 믿고 따르는 것보다 부모를 더 기쁘게 하는 일은 없다. 부모는 자녀를 사랑하고 이에 대해 자녀가 부모에게 기쁨을 돌려드리는 것을 효도라고 한다. 부모가 자녀를 사랑하고 자녀는 부모에게 효도할 때, 화목한 가정이 이루어질 수 있으며, 그 속에서 자라는 자녀는 다른 사람들과의 관계에서도 원만하고 바람직한 관계를 형성할 수 있다. 이런 의미에서 가정은 자녀가 부모로부터 무조건적인 사랑을 배우는 학교이며, 자녀는 부모로부터 배운 사랑을 다른 사람들과의 관계에서도 실천할 수 있게 된다.

　부모와 자녀 사이에 바람직한 관계가 형성되고 유지되기 위해

자식이 효도하면 부모님이 즐거워하고
집안사람끼리 관계를 잘 맺어 화목하면
모든 일이 이루어진다.

명심보감 치가편 (유교)

서는 믿음이 필요하다. 부모가 자녀를 믿고 자녀가 부모를 믿을
때 비로소 부모의 뜻이 자녀에게 상속될 수 있다. 대개 상속이란
재산의 상속을 의미하지만, 그보다 더욱 중요한 것은 뜻과 정신
의 상속이다. 대개 각 가정에는 '가훈'이 있으며, 가훈은 조상 대
대로 상속되는 뜻이다.

자녀들아, 주 안에서 너희 부모에게 순종하라.

이것이 옳으니라.

네 아버지와 어머니를 공경하라.

이것은 약속이 있는 첫 계명이니

이로써 네가 잘되고 땅에서 장수하리라.

에베소서 6:1-3 (기독교)

경로효친의 의미

나이든 부모라면 누구든지 안다

고구려 때 박정승이라는 사람이 있었다. 그는 나이든 노모를 지게에 짊어지고 산으로 올라갔다. '고려장'을 하기 위해서였다. 깊은 산 속에 도착한 박정승은 큰절을 올리고 내려가야 했지만 차마 발걸음이 떨어지지 않았다. 그는 절을 올린 뒤 아무 말없이 노모를 바라만 보고 있었다. 이윽고 노모가 말했다. "얘야, 나라의 법을 어길 수는 없다. 날이 어둡기 전에 어서 내려가라. 네가 길을 잃을까봐 나뭇가지를 꺾어 길 표시를 해두었다."

박정승은 자신의 안위보다 자식의 하산 길을 걱정하는 어머니의 사랑에 감격해 노모를 다시 업고 내려와 남모르게 봉양했다. 그 무렵, 당나라 사신이 말 두 마리를 끌고 고구려를 찾았다. 사신은 "이 두 말은 크기와 생김새가 같다. 어미와 새끼를 가려내보라."고 문제를 냈다. 조정은 매일 회의를 했으나 묘안을 찾지 못했다. 박정승이 이 문제로 고민하는 것을 보고 노모가 말했다.

"그게 무슨 걱정거리냐. 나처럼 나이 먹은 부모면 누구나 안다. 말을 하루정도 굶긴 후 여물을 갖다 주어라. 먼저 먹는 놈이 새끼 말이다. 원래 어미는 새끼를 배불리 먹이고 나중에 먹는다." 아들은 그 방법으로 어미와 새끼를 가려냈다. 그러자 당나라 사신은 고구려인의 지혜에 탄복하고 본국으로 돌아갔다.

박정승은 임금께 자초지종을 설명하고 '고려장'을 철폐할 것을 진언했다. 임금은 그의 이야기에 느끼는 바가 커서 그때부터 고려장을 폐지하였다. 그리고 나이 든 어른들의 지혜에 귀 기울이게 되었다고 한다.

이 이야기는 역사적 사실이 아니라 입에서 입으로 전해오던 설화를 채록한 것이다. 설화와 반대로 오히려 고구려는 노부모를 공양하지 않는 자녀를 불효죄로 매우 엄격하게 처벌하였다는 법률이 기록되어 있다. 또한 불교식 의례를 근간으로 유교적 의례를 결합하였던 당시의 장례풍습을 볼 때에도 고려장이 고구려시대에 역사적으로 존재했던 풍습이라고 보기는 어렵다.

여러 학자들은 세계적으로 여러 문화에서 고려장과 같이 나이든 부모를 산에 버리는 설화가 나타난다는 것에 주목한다. 특히 인도의 '잡보장경'*에 나오는 '기로국(棄老國) 설화'와 그 내용이 매우 유사하여 설화가 구전되면서 기로국이 고구려로 와전되고 실제 고구려에 있었던 풍습인 것으로 오해되었다고 보고 있다.

이런 기로설화가 오랫동안 구전될 수 있었던 것은 고려장이라

---

* **잡보장경** 5세기 말에 원위(元魏)의 길가야가 담요와 함께 한역한 10권으로 이루어진 경전으로, 121가지의 짧은 설화로 이루어졌다. 그 내용은 주로 복덕을 지을 것과 계율을 수지할 것을 권장하고 있다.

는 풍습의 실제 유무와 관계없이 경로효친(敬老孝親)을 강조하기 위한 조상들의 마음이 담겨 있었기 때문인 것으로 보인다. 경로효친이란 어버이를 공경하고 모시는 '효친'과 효친의 마음을 이웃 어른이나 노인들에게까지 확대하는 '경로'가 합하여 만들어진 말로 어버이를 사랑하는 마음을 이웃 어른까지 확대하여 공경하라는 의미가 있다.

남의 일을 제 일처럼 도와주는 친구
괴로우나 즐거우나 늘 여상한 마음으로 받아주는 친구
바른말로 잘못을 깨우쳐 주는 친구
낱낱이 이해하며 신의로써 사귀기를 즐거워하는 친구

우정과 대인관계

귀족 중심의 장식적인 초상화가 주류를 이루던 기존의 화풍에서 벗어나 가난한 서민계층의 농부와 자연을 함께 하는 사람들을 그린 밀레*는 작품활동 초기에 어려운 생활을 해야 했다. 사실적인 밀레의 작품을 사려는 사람이 없었기 때문에 아버지에게서 물려받은 땅에서 농사를 지으며 가족을 부양해야 했지만 그마저도 쉽지 않았다. 굶주림을 견디며 열심히 작업을 하였지만 넉넉지

---

* **장프랑수아 밀레**(1814~1875) 프랑스의 화가로, 프랑스의 한 지방에 위치한 바르비종파의 창립자들 중 한 사람이다. 그는 '이삭 줍기''만종''씨 뿌리는 사람'등 농부들의 일상을 그린 작품으로 유명하며, 사실주의 혹은 자연주의 화가라 불리고 있다.

이들을 일러 선하고 참된 친구라 이르나니
지혜로운 이는 마치 어머니가 외아들을 사랑하듯
이들을 아끼고 사랑하느니라.

육방예경 (불교)

않은 살림에 아이들까지 힘든 생활을 하는 것이 마음 아팠다.

밀레의 친구였던 풍경화가 테오도르 루소*는 누구보다 이런 밀레의 상황을 잘 알고 있었다. 하루는 루소가 밀레의 작업실에 기쁜 얼굴로 들어왔다. "기뻐하게! 드디어 자네 그림을 사겠다는 사람을 찾았네!"라며 그림값으로 300프랑이라는 거금을 주며 '접목하는 농부'를 가져갔다. 그림이 좋은 가격에 팔리자 밀레는 큰 힘을 얻었다. 당장 경제적 어려움을 해결한 것은 물론 자신의 그림을 좋아하고 인정하는 사람이 있다는 사실에 고무되어 그림에

---

* 데오도르 루소(1812~1867) 프랑스의 풍경화가. 단순한 풍경화가 아닌 숨쉬는 자연의 생명을 표현하려고 시도했다. 바르비종에서 근대 외광파(外光派)의 기초를 닦았다.

안정적으로 몰두할 수 있었다. 몇 년 뒤 밀레는 작품을 인정받아 유명화가가 되었다. 그런 어느 날 밀레는 친구 루소의 집을 찾아갔다. 그런데 루소의 집 거실에 몇 년 전 300프랑에 팔았던 '접목하는 농부'가 걸려 있었다. 밀레의 자존심을 생각하여 루소는 사려깊은 배려를 하였던 것이다.

이러한 두 사람의 우정을 기념하여 지금도 두 사람이 살았던 바르비종에는 밀레와 루소를 한 바위에 조각한 조각품이 있다고 한다. 우정에 관한 유명한 이야기는 비단 밀레와 루소뿐만 아니라 여러 나라에 많이 있다. 인간은 '사회적 동물'로서 친구는 형제자매와 같이 인생의 좋은 동반자이자 정신적인 지지대가 되어준다. 나의 말을 들어주고 공감해주며 나를 이해하고 함께 놀 수 있

다만 두 가지 미덕이면 넉넉하나니
번갯불같이 짧은 노여움과
반석에 새겨진 서약처럼 오래가는 우정을 구하라.

바짜라감 42 (자이나교)

는 친구는 전 생애에 꼭 필요한 존재이지만 특히 청소년 시기와 노년 시기에 필수적인 것으로 나타난다. 특별히 노년기에는 정치적 명예와 경제적 성공을 했더라도 희로애락을 함께 나눌 친구가 없다면 행복을 느끼지 못한다고 보고된다.

우정은 행복과 안녕에 필수적인 요소이지만 우리 사회의 많은 사람들이 자신에게 친밀한 친구가 없다고 생각한다는 조사가 많다. 그동안 성장지향형 경제발전을 추구하면서 대부분의 시간을 일을 하거나 공부하는 데 할애하여 사회관계는 물론 가족관계까지 소원해져 대인관계의 균형이 깨진 것이다. 또한 가족 안에서 형제자매 관계를 경험하지 못하고 외톨이로 성장한 사람들이 경쟁에 익숙해지면서 타인과 관계 맺기에 더 어려움을 겪고 있는 것으로 나타나고 있다.

　대인관계에 어려움을 겪는 사람은 사회생활에서 행복을 얻기가 힘들다. 사회생활이라는 것이 수많은 대인관계의 연결망으로 이루어져 있기 때문이다. 사람은 생리적 욕구처럼 공동체에 소속되고 사람들과 인정받고 애정을 주고받을 수 있는 욕구를 가지고 태어난다. 따라서 많은 사람들과 대인관계를 활발하게 가질 필요는 없지만 자신을 인정해주고 지지해줄 수 있는 대인관계는 인생의 필수적인 조건이라 할 수 있다.

　인간관계의 기본 원리를 정리한 카네기*는 타인과 성공적인

---

* **앤드루 카네기(1835~1919)** 미국의 자본가로 카네기철강사(현 US스틸)를 설립하였으며

관계를 맺기 위해서는 자기중심으로 생각하지 말고 타인의 입장에서 이야기를 들어주고 집중하라고 조언하였다. 사람은 누구나 건강이나 장수, 수면, 음식, 돈 등 여러 가지 욕망을 가지고 있는데 이 중에서 스스로 성취할 수 없는 욕망이 바로 인정에 대한 욕망이다. 타인으로부터 인정받고 싶은 욕망은 모든 인간이 가지고 있는 기본적인 욕구인데 실제로 충족되기가 어렵다. 이 욕망은 스스로 성취할 수 있는 것이 아니라 자신을 인정해주는 타인을 만나야하기 때문이다.

오래 장수하는 사람들은 바로 자신을 인정해주고 이해해주는

교육, 문화사업에 헌신한 자선사업가이다.

친구가 있는 사람이라는 연구결과도 있다. 카네기는 "사람들은 자기 일에만 관심을 쏟을 뿐 타인의 일에는 무관심하다. 하지만 이런 자아도취만으로는 진정한 삶을 살아갈 수 없다. 자신을 잊어라. 그리고 타인에게 관심을 가져라. 그래야만 인생의 진정한 기쁨과 행복을 맛볼 수 있으리라."고 말하고 있다. 그의 말처럼 진정한 친구를 가지고 싶다면 먼저 좋은 친구가 되기 위해 노력하는 마음의 자세가 필요하다.

신은 천지를 대표하는 존재로서 남편과 아내를 창조하였다.
이것이 세상의 시작이다.

미카쿠라우타 (천리교)

결혼의 의미

빨간머리 앤의 작가 루시 모드 몽고메리*의 소설 '사랑의 유산'은 작은 섬마을에서 대대로 서로 결혼을 하며 살아온 다크가과 펜할로우가 사람들이 가장 귀한 보물로 여긴 다크단지의 상속을 둘러싸고 벌이는 이야기이다. 이 단지는 원래 다크 집안의 한 남자가 아내를 위해 주문제작하여 만든 것으로 대대손손 집안에 가보처럼 물려져오던 단지였으며, 온 섬마을 사람들이 모두 소중

---

* **루시 모드 몽고메리(1874~1942)** 캐나다의 소설가이다. '빨간 머리 앤'의 작가로 널리 알려져 있다.

하게 생각하는 보물이었다. 그런데 어느 날 다크단지를 간직하고 있던 베키 아주머니가 단지의 행방을 알리지 않은 채, 결혼한 사람만이 이 단지를 물려받을 수 있다는 유언을 남기면서 사건이 시작된다.

베키 아주머니가 누가 상속자인지를 밝히지 않고 상속의 조건만을 내걸었기 때문에 누구나 이 단지의 상속자가 될 수 있게 되고 대대로 내려온 보물인 이 단지를 차지하기 위해 두 집안 젊은이들이 저마다 결혼을 위해 노력하면서 값진 유산의 상속 쟁탈전이 벌어지게 된다. 이 단지의 상속자가 되기 위해 고군분투하는 1년간의 과정에서 섬마을 젊은이들은 각자 베키 아주머니가 다크단지를 통해 물려주려던 사랑의 유산의 진정한 의미를 깨닫고 결혼의 목적은 자기완성과 우주의 주관에 있습니다.
자기완성과 더불어 우주를 장악하고
미래의 세계를 포용하는 것입니다.
자기를 완성하여 하나님을 만나는 것입니다.

천성경 5.2.2:16 (세계평화통일가정연합)

성숙해진다.

베키 아주머니는 왜 미혼자에게는 가보인 단지를 물려줄 수 없다고 했을까? 노년의 부모가 자녀의 결혼을 자신의 유산을 상속하는 조건으로 내거는 비슷한 이야기들이 종종 발견되는데, 주인공들은 결국 부모가 물려주고자 하는 진정한 유산이 물질적 재산이 아니라 사랑의 유산이었음을 깨닫는다. 자녀의 결혼은 부모의 사랑을 상속하는 중요한 의미가 있음을 알 수 있다.

한편 탈무드에는 이런 격언이 있다.

"바다에 나갈 때는 한번 기도하라. 전쟁터에 나갈 때는 두 번 기도하라. 결혼식장에 나아갈 때에는 세 번 기도하라."

아름다운 부부 사랑은 완성된 인격을 갖추어 최고의 행복을 추구하는 인생에서 더없이 귀중한 경험이지만, 결코 쉽게 얻어지는 것이 아님을 의미한다. 아울러 "결혼하지 않는 자는 기쁨도 축복도 선함도 누리지 못한다. (탈무드 예바토트 62b)"고도 했다.

나는 '그'이며, 그대는 '그녀'입니다.
나는 가락이요, 그대는 시입니다.
나는 하늘이요, 그대는 땅입니다.
아이들의 부모가 되어, 우리 둘이 여기서 함께 삽니다.

아타르바 베다 14.2.71 (힌두교)

일심동체의 사랑

비록 죽더라도 두 마음을 갖지 않아요

백제 사람인 도미는 하찮은 백성이었지만 의리를 알았고, 그의 아내는 빼어난 미모와 절도있는 행실로 사람들의 칭찬을 받고 있었다. 개루왕이 이 소문을 듣고 도미를 불러 "네가 부인의 덕으로 지조를 내세우지만, 그윽하고 사람이 없는 곳에서 유혹하면 마음을 움직이지 않는 사람은 드물다."라고 떠보니, 도미는 "사람의 정이란 헤아리기 어려운 법입니다. 그러나 저의 아내 같은 사람은 비록 죽더라도 두 마음을 갖지 않을 겁니다."라고 대답하였다. 왕은 그 말을 시험해보기 위해, 도미에게 일을 시켜 궁궐에 잡아두고 신하에게 왕의 복장을 하고 도미의 부인을 찾아가 왕의 권세로 유혹하고 안 되면 능욕하도록 하였다.

부인은 슬기롭게 옷을 갈아입고 오겠다며 왕을 안심시킨 후 계집종을 치장하여 왕에게 들여보냈다. 뒤에 속은 것을 안 왕은 크게 노하여 도미의 두 눈을 빼버린 후 강물에 띄워 보내버렸다. 그리고 아름다운 도미의 부인을 빼앗으려 하였으나 부인은 또 기지를 발휘하여 도망친 뒤 천신만고 끝에 눈이 멀게 된 채 강물에 떠내려 온 도미와 해후하였다. 도미 부부는 왕의 눈을 피해 나그네로 떠돌며 비록 구걸하거나 풀뿌리를 캐먹고 살아야 했지만, 개루왕의 달콤한 유혹과 무자비한 강압에도 서로에 대한 믿음을 굳세게 지키며 평생을 함께 했다.

'삼국사기'에 실린 이 옛 이야기는 유혹과 역경을 믿음으로 이겨낸 도미 부부의 굳건한 부부애로 진솔한 감동을 준다. 동서고금을 막론하고 부부의 이상은 누구도 끼어들 수 없는 순수한 사랑의 영원성을 강조해왔다. 일례로 유대교에는 결혼을 위해 준비되는, 보석이 박히지 않은 순금의 슈라못 반지가 있다. 그것은 온전함을 뜻하는 예물로써 어떤 것도 혼합되지 않고 두 사람만이 이루는 부부 사랑의 아름다운 이상을 상징한다. 요즘 결혼식 때 주례가 신랑 신부에게 검은 머리 파뿌리 되도록 사랑하며 함께 살아가야 한다고 강조하는 것도 마찬가지 의미이다. 따라서 부부는 영원히 사랑하며 함께 행복하게 살아가기 위해서 어려운 일이 있을 때나 기쁜 일이 있을 때에도 서로 존중하고 섬기며 함께 살아야 하는 관계이다. 부부가 사랑하면서 부모님의 사랑과 심정을 닮아가고 영원한 하나님의 사랑을 온전한 축복으로 상속받게 되기 때문이다.

가정에는 자연스러운 온화함이 있어야 한다.
서원들을 굳게 지키는 것은 온화함으로 귀결된다.
가족 사이에는 바른 믿음이 있어야 한다.
부정직과 기만은 가정에 불행을 가져온다.
행동과 말과 생각에서 정직과 솔직함은
가정을 행운의 길로 인도한다.

가족의 의사소통

모두 내 탓이오

한 새색시가 시집을 간 지 얼마 되지 않은 어떤 날, 밥을 짓다 말고 아침부터 부엌에서 울고 있었다. 이 광경을 본 남편은 깜짝 놀라 이유를 물었다. 새색시는 매우 당황하면서 밥을 태웠다고 하였다. 남편은 새색시의 말을 듣고 아침에 자기가 바빠서 우물에서 물을 조금만 길어 와서 물이 부족해 밥이 탄 것이라고 하면서 밥이 탄 것은 자신의 잘못이라고 위로하였다.

이 말을 들은 새색시는 남편의 다정한 위로에 감동을 받

청정, 공경, 끊임없이 지혜를 추구함, 자비, 평등을
위협하는 장애들을 제거함, 다른 사람들에 대한 봉사
이들은 가정을 행복하게 만든다.

탓트바르타 수트라 6.18-24 (자이나교)

아서 더 눈물을 쏟았다. 이번에는 시아버지가 부엌 앞을 지나가다가 새색시의 우는 소리를 들었다. 시집온 지 얼마 되지 않은 며느리가 아침부터 울고 있는 모습에 시아버지 역시 깜짝 놀랐다. 밥을 태워서 울고 있다는 말을 들은 시아버지는 자신이 늙어서 근력이 떨어져 장작을 잘게 패지 못하여 화력이 너무 세서 밥이 탔다고 아들과 며느리를 위로했다. 시아버지와 아들, 며느리가 부엌에 모여 있는 모습을 본 시어머니가 아침의 소동을 들었다. 그리고 자신이 늙어서 밥 냄새를 맡지 못해 밥이 다 되는 것을 알지 못했으니 당연히 자신의 잘못이라고 말했다.

시집온 새색시의 허물을 온 가족이 덮어주고 위로해주려

는 마음에 새색시는 행복한 눈물을 흘렸다고 한다. 선조들은 이 이야기를 전승하면서 가족 구성원이 서로의 잘못을 감싸고 자신의 잘못이라 말하는 모습이 바로 '가화만사성(家和萬事成)'의 전형적인 모습이라고 칭찬하였다 한다.

역사 속에 전래되는 이야기에는 화목한 가정의 핵심이 서로를 배려하는 말하기에 있다는 지혜를 담고 있다. 가족은 가장 가까운 사이로 많은 의사소통을 하면서 서로의 생각과 감정을 주고받으며 생활에서 발생하는 문제를 해결한다. 가족 간의 대화는 공동의 목표를 이룰 수 있도록 해주고 긴장을 풀어주며 가족관계를 더 친밀하게 유지할 수 있게 해준다.

아들아, 아비의 훈계를 지키고 어미의 가르침을 저버리지 마라.
그 말을 언제나 네 가슴에 달아두고 네 목에 걸어두어라.
네가 어디로 가든지 너를 이끌어주고 자리에 누우면
보살펴주며 눈을 뜨면 말동무가 되어준다.
그 훈계는 횃불이 되고 그 가르침은 빛이 된다.
타이르며 교육하는 것이 곧 생명의 길이다.

잠언 6,20-23 (유대교, 기독교)

자녀교육

맹자 어머니의 단기지교(斷機之敎)

맹자 어머니의 삼천지교(三遷之敎)는 우리에게 잘 알려진 사실이다. 맹자의 어머니가 아들을 위해 세 번이나 이사했다는 일화는 어머니의 자식 교육에 대한 열정을 보여준다. 그런데 자식을 위해 노력하는 맹자의 어머니에 대한 또 다른 일화가 '열녀전'이란 책에 전해지고 있다.

맹자가 청년이 되어 어머니와 떨어져서 훌륭한 선생님 밑에서 공부를 하고 있던 때 맹자가 느닷없이 집에 왔다. 어머니가 보고 싶어서 왔다며 웃으며 집으로 들어서는 아들을 보고 어머니가 물었다.

"공부를 다하고 왔느냐?"

"아닙니다, 아직 멀었습니다."

아들의 대답에 어머니는 짜고 있던 베를 가위로 싹둑 잘라 버렸다. 아들이 깜짝 놀라 물었다.

"아니 어머니! 어째서 애써 짜시던 베를 잘라 버리십니까?"

"네가 학문을 중단하는 것은, 애써 짜던 베를 잘라버리는 것과 같다. 너와 같이 의지가 약해서야 앞날이 걱정스럽구나."

맹자는 즉시 어머니에게 사죄하고, 다시 공부를 계속하기 위해 집을 떠났다. 그 후 맹자는 학문에 힘써, 오늘날까지 우리 모두가 다 아는 학자요 유명한 사상가가 되었던 것이다.

부모님은 우리를 낳아 주시고 길러 주신 분이다. 부모님이 계시지 않았다면 우리는 이 세상에 태어날 수도, 태어났다 해도 이렇게 성장할 수도 없었을 것이다. 부모님은 어떠한 희생도 마다하지 않고 온 정성을 다하여 우리를 낳으시고 길러주신 분이다. 인간이 지닐 수 있는 가장 깊고 넓은 사랑을 의미한다. 이는 존경받는 선생님이나 역사적 인물을 종종 부모로 부른다는 사실을 통해서도 알 수 있다.

실제로 타인의 삶에 깊은 영향을 미친 많은 역사적 인물들이 아버지 혹은 어머니로 불려졌으며, 부모로서의 리더십을 갖고 있었다. 간디를 추모하는 사람들은 국민과 국가를 향한 그의 위대한 신념에 감동을 받아 그를 바푸, 즉 아버지라 불렀다. 마더 테레사 수녀는 인도의 가난하고 소외된 이들을 도우며 무한한 사랑을 베풀었던 것으로 유명하다. 또한 마더 카브리니는 시카고에서 소외계층을 위한 다양한 자선활동을 펼쳐 많은 이들로부터 어머니로 칭송 받았다.

자녀에게 주기로 약속한 것을 어기지 마라.
그것은 자녀에게 거짓말을 가르치는 것이기 때문이다.

탈무드 수카 46b (유대교)

이스라엘의 가정규범

가정에서는 어떤 규범이 지켜져야 할까? 이스라엘 민족은 63년에 로마의 강압으로 자신의 나라에서 추방당한 뒤 2천년 동안 세계 곳곳에 흩어져 살다가 제2차 세계대전 이후 지금의 국가를 이루었다. 이 방랑의 시기에 이스라엘 민족은 고유의 사상과 문화를 잃지 않고 전 세계의 문화, 금융, 교육 등의 분야에서 최고의 인재를 배출하기도 하였는데 그 근간에 바로 엄격한 가정의 규범이 있다.

그들은 부모가 하나님의 자녀를 대신 맡아 키우다가 자녀가 13세에 성인식을 치르면 하나님께 다시 돌려드려야 한다고 믿는다. 그때까지 부모는 헌신적으로 자녀 교육에 임한다. 어머니는 매일 아기를 목욕시키며 "하나님의 지혜와 세상의 지식이 이 머리에 담기게 해 주세요." "뛰어다니면서 이 민족을 먹여 살리는 발이 되게 해 주세요." "남을 축복하는 손이 되게 해 주세요."라는 기도를 드린다.

아기가 말을 배우기 시작하면 율법을 가르치고 내용을 이해하지 못하더라도 암송하게 한다. 아버지는 자녀가 13세가 되기 전까지 저녁 외식을 하지 않는다. 매일 저녁식사를 가족들과 함께하며 밥상머리 교육을 한다. 아이가 잠자리에 들면 15분 동안 반드시 책을 읽어 준다. 이러한 가정의 규범이 있었기에 이스라엘 민족은 시련의 시기를 이겨낼 수 있었다.

하나님의 사랑이 어디에 나타나느냐 하면
부모의 사랑, 부부의 사랑, 자녀의 사랑
이 세 사랑이 합한 자리입니다. 이 세 사랑이 존재하는
곳에서는 언제나 하나님이 계시는 것입니다.

말씀선집 131-112 (세계평화통일가정연합)

이상가정은 평화세계의 모델

가정은 평화세계를 위한 모델과 같다. 인간은 가정에서 네 종류의 심정과 사랑을 배우고 실천함으로써 먼저 하나님과 심정이 일치된 사람이 될 수 있다. 하나님의 사랑이 가정에서 나누어져서 나타난 것이 네 종류의 사랑이기 때문이다. 이상적인 가정에서 네 종류의 사랑을 온전히 배우고 하나님의 사랑에 공명할 수 있는 사람은 다른 사람을 내 가족처럼 진실하게 사랑할 수 있는 사람이다.

그런 사람은 가정에서 배운 사랑을 사회에서 타인과 이웃들에게 실천한다. 나이가 많은 사람에게는 부모를 대하듯이 사랑과

자기 가정을 다스릴줄 모르면서
어떻게 하나님의 교회를 돌볼 수 있겠습니까?

디모데전서 3:5 (기독교)

존경으로 대하며, 나이가 어린 사람에게는 마치 자녀를 대하듯
이 사랑으로 대한다. 나이가 비슷한 사람과는 형제자매처럼 대한
다. 이러한 사람들로 가득한 사회는 싸움이 없고, 사랑이 넘치는
행복하고 평화로운 사회가 될 것이다. 이상적인 가정에서 성장한
사람들은 함께 평화로운 세계를 건설해 나아간다.

지구촌의 전 인류는 하나님을 부모로 모신 형제자매이다. 인
간은 근원적으로 하나님을 기원으로 하여 인류시조와 조상과 부
모를 통해 태어난다. 따라서 모든 인간은 근본적으로 하나님으
로부터 태어난 형제자매들이 된다. 그러므로 가정에서 부모 앞에
다양한 성격의 형제자매들이 서로 사랑으로 화목하게 지내듯이
다양한 모습과 문화적 배경을 가진 인류도 하나님을 부모로 모시

고 서로 사랑으로 하나 될 수 있다. 인류가 하나님을 중심한 형제자매라는 사실을 깨달을 때 인류 대가족으로서 진정한 평화세계를 만들어 나갈 수 있게 된다.

가정이 파괴되면 고대의 법도가 무너진다. 가정과 법도가
무너짐으로써 삶의 영적 토대가 상실되며, 가정에는 일체감이
사라진다. 일체감이 없는 곳에서는 여인들이 타락하며
여인들이 타락하면 사회가 무질서에 빠지게 된다.
사회적인 무질서는 가정에 대하여 지옥이며
가정을 파괴한 자들에 대해서도 또한 지옥이다.

바가바드기타 1.40-42 (힌두교)

가정과 참사랑

성서에 드러난 아담 가정의 이야기는 인류의 분쟁이 어디에
서, 어떻게 비롯되었는지에 대한 상징적 실마리를 제공한다. 하
나님의 계율을 어겨 인격을 완성하지 못한 남녀가 부부가 되었으
며 그 가정에서 태어난 자녀가 형제의 사랑을 실현하지 못해 범
죄를 저지른 것이 죄악의 시작이라는 것이다. 이는 동시에 죄악
의 인류 역사를 바로잡기 위해서는 가정을 바로 세워야 한다는
은유적 해법을 보여주는 것이기도 하다. 가인의 범죄로 잃어버린
사랑하는 아들의 자리를 되찾고, 하나님과의 관계를 회복하기 위
해서는 아담과 해와의 타락으로 인해 잃어버린 가정의 법도를 바

이 가정에서는 규율이 어지러움을 이기고, 평화가 불화를
자비가 탐욕을, 헌신이 교만을, 진실한 언어가
성스런 질서를 깨는 거짓된 언어를 이기게 하소서.

아베스타 야스나 60.5 (조로아스터교)

로 세워야 한다.

　이것을 가능하게 하는 것이 바로 참사랑이다. 참사랑의 본질
은 자기 자신이 아닌 남을 위해 먼저 베푸는 것이다. 한없이 주고
도 잊어버리고 또 주는 것이다. 이러한 사랑은 한 인간의 몸과 마
음의 평화로부터 시작된다. 곧 몸과 마음이 갈등 속에 있지 않고
하나의 지향점을 향해 하나가 될 때 비로소 참사랑이 가능하다.
그 지향점이 바로 하나님이다. 하나님의 심정을 내 것과 하나로
만들 때 몸과 마음이 선함을 주고받으며 참사랑이 이루어진다.

　근대적 세계관은 개인을 세계를 구성하는 기본 단위라고 보았
으나, 그것은 인간 삶의 본질을 깊이 성찰하지 못한 결과이다. 개
인은 부모로부터 태어나고, 부모의 보호를 받으며 가정에서 성장

하여 사회생활하게 된다. 성인이 된 후에는 다시 자신이 결혼하여 가정을 이루고 가정과 함께 사회생활을 한다. 인간은 가정에서 기본적인 인격을 함양하고 질서와 규범을 배운다. 가정은 인간이 출현하는 근원이며, 인간의 삶을 구성하는 가장 기본 단위이다. 그러므로 사회를 구성하는 기본 단위는 개인이 아니라 가정으로 보아야 한다. 개인이 모여 세계를 이루는 것이 아니라, 가정이 모여 세계를 이루고 인류가 된다.

따라서 평화로운 세계는 평화로운 가정들이 모여서 함께 이루는 것이다. 하나님을 중심으로 가족들이 서로 사랑으로 하나 된 이상적인 가정들이 모일 때 이상적인 평화세계의 건설이 가능해진다. 하나님을 모시고 사랑이 넘치는 가정은 가족들만의 행복을 추구하는 것이 아니라 가정에서 배운 사랑을 이웃 가정들에게 실천함으로써 사회도 행복하게 만들 수 있다. 자신의 가정을 소중하게 생각하는 사람은 다른 사람의 가정도 소중하게 생각할 줄 안다. 하나님을 중심한 이상가정은 평화세계를 건설하기 위한 근본적인 토대이며 출발점이다.

하나의 나뭇잎도 혹은 여린 풀잎조차도
경외로운 신이 그 자신을 드러내고 있다.

우라베노 가네쿠니 (일본 신도)

자연과 생명으로 돌아가라

시애틀 추장의 명연설

"그대들은 어떻게 저 하늘이나 땅의 온기를 사고 팔 수
있는가? 우리로서는 이상한 생각이다. 공기의 신선함과 반짝
이는 물을 우리가 소유하고 있지도 않은데 어떻게 그대들에
게 팔 수 있다는 말인가? 우리에게는 이 땅의 모든 부분이
거룩하다. 빛나는 솔잎, 모래 기슭, 어두운 숲속 안개, 맑게
노래하는 온갖 벌레들, 이 모두가 우리의 기억과 경험 속에
서는 신성한 것들이다.

나무속에 흐르는 수액은 우리 홍인(紅人)의 기억을 실어

나른다. 백인들은 죽어서 별들 사이를 거닐 적에 그들이 태어난 곳을 망각해 버리지만, 우리가 죽어서도 이 아름다운 땅을 결코 잊지 못하는 것은 이곳이 바로 우리 홍인의 어머니이기 때문이다. 우리는 땅의 한 부분이고 땅은 우리의 한 부분이다. 향기로운 꽃은 우리의 자매이다. 사슴, 말, 큰 독수리, 이들은 우리의 형제들이다. 바위산 꼭대기, 풀의 수액, 조랑말과 인간의 체온 모두가 한 가족이다. 개울과 강을 흐르는 이 반짝이는 물은 그저 물이 아니라 우리 조상들의 피다.

만약 우리가 이 땅을 팔 경우에는 이 땅이 거룩한 것이라는 사실을 기억해 달라. 거룩할 뿐만 아니라, 호수의 맑은 물 속에 비추인 신령스러운 모습들 하나하나가 우리네 삶의 일들과 기억들을 이야기해 주고 있음을 아이들에게 가르쳐야 한다. 물결의 속삭임은 우리 아버지의 아버지가 내는 목소리이다. 강은 우리의 형제이고 우리의 갈증을 풀어 준다. 카누를 날라주고 자식들을 길러 준다. 만약 우리가 땅을 팔게 되면 저 강들이 우리와 그대들의 형제임을 잊지 말고 아이들에게 가르쳐야 한다. 그리고 이제부터는 형제에게 하듯 강에게도 친절을 베풀어야 할 것이다."

위 이야기는 시애틀이라는 아메리칸 인디언 추장이 행한 연설의 일부분이다. 1854년 미국 정부는 아메리칸 인디언들에게 그들이 살아 온 땅을 팔라고 강요하였다. 그 지역 인디언의 추장인

땅 위를 기는 동물도, 날개로 나는 새들도
너희와 마찬가지로 공동체의 일부이니라.

꾸란 6.38 (이슬람교)

시애틀은 계약서에 서명할 수밖에 없었다. 그는 서명하기에 앞서 인간과 자연의 관계에 대해 감동적인 연설을 하였다. 그의 연설에 감동받은 미국 정부는 그의 이름을 따서 그 지역 도시 이름을 시애틀로 정하였다.

오늘날 환경문제가 인류의 생존을 위협할 만큼 심각해지자 시애틀 추장의 연설 내용이 많은 사람들의 주목을 받기 시작했다. 시애틀의 연설과 대비해 보면, 인간들은 자연을 형제나 가족처럼 사랑하고 돌보면서 조화롭게 공존하려고 하지 않았음을 알 수 있다. 환경문제는 어느 특정 지역이나 국가의 문제가 아니다. 지구촌 전체에 재앙을 가져온다. 지구온난화 문제를 해결하고 자연환경을 보존하는 것은 21세기 인류의 시급한 과제이다. 그런데 환경문제를 과학기술로만 해결하려고 하는 것은 한계가 있다.

보다 중요한 것은 자연과 지구에 대한 인간의 의식을 변화시키는 것이다. 인류는 지구의 자연환경과 인간을 하나의 공동체로 여기는 성숙한 가치관이 필요하다. 인간과 자연을 하나로 보는 새로운 자연관은 과학기술을 올바르게 사용하게 만들어 환경문제를 해결하고 인간과 자연의 조화로운 공존을 이끌어 낼 것이다. 그러한 새로운 자연관은 하나님과 인간과 자연의 관계를 올바르게 이해할 때 가능해진다.

하나님을 중심한 새로운 자연관은 무엇인가. 하나님은 인간과 자연을 창조하였으며, 인간과 자연이 조화를 이루어 아름답고 행복하게 살아가도록 의도하였다. 인간과 자연은 연결되어 있는 하

일체중생, 심지어 벌레들까지도
윤회의 속박에서 벗어나게 하소서.
그 누구도 윤회의 속박에 갇히지 않게 하소서.
나에게 그들 모두를 구할 힘을 주소서.

밀라레파 (불교)

나의 유기체이며, 그러므로 자연은 인간과 더불어 살아가고 있는 형제나 가족과 같다. 한 마리의 동물, 풀 한 포기, 나무 한 그루도 인간의 친구라고 생각해야 한다. 자연 생태계의 질서가 파괴되면 인간의 삶도 파괴될 수밖에 없다. 자연의 생태계가 건강할 때 그 안에서 인간도 함께 건강하게 살아갈 수 있다.

환희로 충만한 도시에 신의 성자들이 살고 있나니
그곳에는 슬픔도, 괴로움도 없으며
공물이나 무거운 세금을 바쳐야 하는 근심도 없으며
징벌이나 높은 고직에서 떨어질 두려움 또한 없도다.

이상세계를 향하여

중세 이후 유럽의 귀족들은 호화스러운 삶을 살았지만 평범한
민중들은 극심한 가난과 고된 노동으로 고통 받는 일이 많았다.
늘 굶주림에 시달리던 민중들이 만들어 낸 환상적 이상향이 바로
'코케인(Cockaygne)'이다. 이곳에는 먹을 것이 넘쳐난다. 나무에서
는 과자가 열리고 잘 구운 비둘기 고기가 날아다닌다. 강에는 포
도주가 흐르고 하늘에선 비 대신 빵이 떨어진다. 집과 성은 모두
먹을 것으로 만들어졌으며 곡식도 풍부하기에 아무도 일할 필요
가 없다. 이곳에는 '젊음의 샘'이 있어 50살이 된 사람이 이 물을
마시면 다시 10살로 돌아가므로 영원히 죽지 않고 살 수 있다. 그

이 행복한 땅에는 나의 거처가 있으며
끝없는 안녕이 있으며, 그곳에 거하는 모든 이들은
영원한 왕권으로부터 복을 받았으니
누구도 열등하다 여기는 이가 없도다.
그 도시는 쇠퇴를 모르며
그곳에 사는 이들은 풍족하며 충만하도다.

야말로 무한한 물질적 풍요와 제한없는 쾌락을 즐길 수 있는 곳
이 바로 코케인이다.

티베트 불교에서 전해지는 이상 국가 '샴발라(Shambhala)'는 코
케인과 사뭇 다른 모습이다. 샴발라는 티베트의 북쪽 어딘가에
있다는 나라인데, 이곳에는 황금의 불탑이 줄지어 서 있고 아름
다운 꽃들이 만발해 있다. 이 나라의 왕은 불교적 깨달음을 얻은
사람이며 백성들도 모두 이와 유사한 경지에 이른 현명한 사람
들이다. 이들은 명상을 통해 마음의 평화를 얻는 것을 매우 중요
하게 여기며 살아간다. 훌륭한 자연환경을 가지고 있기에 곡식
이 풍성하여 배고픔을 모르며 병으로 고생하는 일도 없다. 이 나
라에는 '악'이 존재하지 않아 법률이 있어도 이를 어기는 사람이

한량없는 자유를 누리며, 낯선 이도 없으며
실로 모두가 자유인이라.
라비다스가 이르노니
자유를 얻은 직공, 저 도시의 시민만이
나의 벗으로 여기노라.

아디 그란트 가우리, 라비다스 345p (시크교)

없고 벌을 받는 경우도 없다. 그러나 샴발라는 눈과 얼음으로 뒤덮인 히말라야 산맥에 가려져 있으며 이 나라의 하늘은 항상 안개에 싸여 있기에 사람들이 찾아갈 수도, 그 모습을 확인할 수도 없다.

중국의 전설 속에는 '무릉도원'이라는 이상세계가 전해진다. 이 전설은 시인 도연명이 쓴 '도화원기(桃花源記)'에서 비롯되었다. 전설에 따르면 진나라 시대에 한 어부가 살았는데, 하루는 배를 타고 물고기를 잡다가 강가에 핀 아름다운 복숭아꽃에 취해 강을 거슬러 올라가게 된다. 물의 발원지에는 산이 하나 있고 그곳에 작은 동굴이 있었는데, 동굴 안으로 들어가니 처음 보는 마을이 있었다. 그곳은 넓은 평야가 펼쳐지고 땅이 비옥했으며 곡식이 잘 자라고 가축이 살쪄 있었다. 어부를 발견한 마을 사람들은 모두 놀라며, 자신들은 오래 전에 시끄러운 세상을 떠나 이곳에 왔으며 외부와는 완전히 단절된 채로 평화롭게 살고 있다고 말했다. 마을 사람들은 그를 융숭하게 대접하며 외부 사람에게 마을에 대해 말하지 말 것을 당부했다. 어부는 배를 타고 돌아와 이 마을에 대해 이야기했으며 사람들은 곧장 이 마을을 찾기 위해 길을 떠났지만 아무도 마을을 찾을 수가 없었다.

서양에서는 이상향의 의미로 '유토피아'라는 말을 사용한다. 유토피아라는 용어를 처음으로 사용한 사람은 영국의 법률가이며 인문학자였던 토마스 모어다. 그는 자신의 저서 '유토피아'를 통해 종교, 풍습, 제도, 법률 등에서 인간이 원하는 최선의 상태가 실현된 이상적인 사회를 구체적으로 그리고 있다. 이 나라에 사는 사람은 모두 농업에 종사한다. 노동시간은 6시간이며 게으른 자는 추방된다. 여가로 학문을 익히거나 음악 등을 즐긴다. 결혼은 여자 18세, 남자 22세 이후에 허락되며 이혼은 원칙적으로 금지된다. 모든 재물을 공유하며 법률의 조문은 최소화한다. 다른 나라가 먼저 싸움을 일으키지 않는 한 전쟁은 피한다. 이처럼 유토피아는 인간이 이성의 힘으로 각종 사회제도를 개선함으로써 이루려는 이상사회이다. 그런데 유토피아(Utopia)라는 단어는 그리스어로 '장소'를 나타내는 'topia'에 'u'를 붙여 만들어진 단어이다. 여기에서 'u'는 '좋다(eu)'는 뜻과 '없다(ou)'는 뜻을 함께 가지고 있다. 즉 유토피아는 '좋은 곳'이라는 뜻과 '없는 곳'이라는 뜻을 동시에 가지고 있다.

　토마스 모어는 중세에서 근대로의 이행기에 영국 사회가 보여
준 참담한 모순 속에서 완전한 이상 국가를 꿈꿨지만, 이는 셜코
현실에서 이루어질 수 없을 것이라는 비관적 생각을 버릴 수 없
었던 것이다.

너는 산에 올라갈 수 있고
다시 내려갈 수도 있다.
계곡 주위를 이리저리 돌아다니다가 되돌아올 수도 있다.
그러나 신에게는 갈 수도 돌아올 수도 없다.

뉴페족의 격언 (아프리카 전통종교)

어디에도 없는 세계, 이상향

인간은 길고 긴 역사 속에서 수많은 이상향을 꿈꿨지만 그것은 단 한 번도 실현되지 못했다. 앞에서 살펴본 다양한 이상향의 모습에서 알 수 있듯이, 인간이 그려 온 이상향은 언제나 현실에서 벗어난 곳에 존재했다. '코케인'은 민중들의 상상 속에 있는 곳이며, '샴발라'는 현실에 있다고는 하지만 그 누구도 찾을 수 없는 곳이다. '무릉도원' 또한 어부의 이야기를 듣고 찾아 나선 수많은 사람 중 누구도 발견하지 못했으며 '유토피아'는 그 이름부터 이 세상 어디에도 없는 곳임을 나타내고 있다.

인간이 이처럼 상상이나 환상 속에서만 이상향을 찾은 것은 아니었다. 합리적인 인간의 이성을 통해 실제 사회와 국가에 적용할 수 있는 정치적 이념을 만들기도 했다. 그 대표적인 것이 자유민주주의와 사회주의이다. 그러나 자본주의를 바탕으로 한 자유민주주의는 극심한 양극화와 가진 자와 못가진 자의 불평등 문제 등 복잡한 사회문제를 만들어 내고 있으며, 사회주의 또한 이상과 현실의 극명한 차이로 실패한 사상임이 입증되고 있다. 인류가 오랜 역사 속에서 지혜와 경험을 모아 만들어낸 이념의 체계는 완전하지 못한 인간의 본성처럼 모순을 내포하고 있었던 것이다.

그렇다면 이상향은 결국 실현될 수 없는 것일까? 유토피아의 의미처럼 '좋은 곳'은 곧 '이 세상에 없는 곳'일 수밖에 없을까? 인

사랑이 실현되고 이상적인 영적 유대가 사람들의 마음을
하나로 만들 때, 전 인류는 고양될 것이며
세계는 더욱 숭고하고 찬란하게 성장할 것이다. 그리고
인류의 행복과 평온이 헤아릴 수 없을 만큼 증대할 것이다.

간의 악한 본성은 영원히 사라질 수 없는 것이며 이러한 모순성
을 가진 인간이 만드는 사회는 결코 진정한 평화를 구현할 수 없
는 것일까?

앞서 우리는 하나님과의 관계 회복에서 그 해결의 실마리를
찾은 바 있다. 하나님을 닮아 선의 본성을 회복한 인간을 시작으
로 가정과 사회가 바뀌어야 함을 살펴보았다. 지금껏 어떠한 철
학, 종교도 인간의 본성에 뿌리내린 악의 문제를 해결하지 못하
였으며 어떠한 정치적 사상도 자유와 정의가 실현된 이상사회를
이룩하지 못하였다. 이제 인류가 오랜 세월동안 꿈꿔 온 이상세
계는 인간 중심에서 하나님 중심으로 새롭게 구상되어야 한다.

또한 그곳은 현실을 벗어난 어떤 곳이 아닌 우리가 가정과 사

전쟁과 투쟁은 근절되고, 불일치와 알력도 사라지며
우주적 평화가 세계의 국가들과 백성들을
하나로 묶어 놓을 것이다. 모든 인류는 한 가족으로서
함께 살고, 한 바다의 파도로서 섞이며
한 창공의 별들로서 빛나고, 같은 나무의 과일로 보이리라.
이것이 인류의 행복이고 경사이다.

압둘바하*

회를 이루며 살아가는 바로 이 현실의 공간이어야 한다. 지구촌
의 전 인류가 하나님을 부모로 모시고 형제자매로서 사랑이 넘치
는 정의롭고 평화로운 세계를 만들어 간다면 그러한 세계는 인류
가 오랫동안 꿈꿔왔던 이상세계가 될 것이다.

---

* **압둘바하(1844~1921)** 바하이 신앙의 창시자 바하올라의 장남이다.

하나님의 소원은 인류의 참부모가 되어
'하나님 아래 인류 한 가족'의 이상을 실현하는 것이었습니다.
다시 말해 하나님이 '하늘부모님'이 되시어 개인, 종족, 민족, 국가,
세계가 하나님을 부모로 모시는 신(神)개인, 신(神)종족, 신(神)민족,
신(神)국가, 신(神)세계가 되게 하시는 것이었습니다.

평화의 어머니 5p (세계평화통일가정연합)

하나님과 인류 대가족

인류는 하나님을 부모로 모신 형제자매이다. 이런 의미에서 하나님을 하늘부모님으로 부르기도 한다. 인간은 하나님으로부터 출발해 인류시조와 각자의 조상과 부모를 통해 태어난다. 깊이 성찰하면 모든 인간은 근본적으로 하나님으로부터 태어난 형제자매들이라는 사실을 알 수 있다.

가정에서 부모를 중심으로 다양한 성격의 형제자매들이 서로 사랑으로 하나 되듯이, 다양한 인류도 하나님을 부모로 모시고 서로 사랑으로 하나 되어야 한다.

종교가 가야 할 마지막 목적지는 종교가 없는 세상입니다.
인류 모두가 선한 사람이 되면 종교는 자연스레 필요 없게 됩니다.
'하나님 아래 한 가족', '모두가 한 형제'일 때 진정한
평등세계, 평화세계가 만들어집니다. 그 평화세계의 가장
밑바탕에는 참가정, 참사랑이라는 주춧돌이 있습니다.

평화의 어머니 242p (세계평화통일가정연합)

인류가 하나님을 부모로 모신 대가족이라는 사실을 깨달을 때
더불어 살면서 진정한 평화세계를 만들어 나갈 수 있다.

경전과 성현의 말씀으로 비춘

삶의 길

인쇄일   2020년 11월 24일
발행일   2020년 12월 1일

편저   효정학술원

발행인   이경현
발행처   (주)천원사
신고번호 제302-1961-000002호
주소   서울시 용산구 청파로 63길 3(청파동1가)
대표전화 02-701-0110
팩스   02-701-1991

정가 13,000원

ISBN 978-89-7132-794-4 03810